Nicole Lüke & Angela Steffens

Mit Nigela durchs Referendariat

Bibliografische Information der Deutschen Nationalbibliothek: Die Deutsche Nationalbibliothek verzeichnet diese Publikation in der Deutschen Nationalbibliografie; detaillierte bibliografische Daten sind im Internet über dnb.dnb.de abrufbar.

© 2017 Nicole Lüke & Angela Steffens
Herstellung und Verlag:
BoD – Books on Demand, Norderstedt

ISBN 978-3-7431-7545-7

Inhalt

Was davor geschah … 6

　… aus Nis Perspektive 6

　… aus Gelas Perspektive 7

Über uns: Bewohnerinnen der Ref-WG 10

Blogeinträge während des Referendariats 12

Was danach geschah... 164

　... mit Ni: 164

　... mit Gela: 164

Fazit 165

Personen- und Ortsverzeichnis 167

Was davor geschah ...

... aus Nis Perspektive

Gela und ich haben uns während des Germanistikstudiums kennengelernt. Gela war von uns die altruistisch Veranlagte, die gerne ihr ganzes Geld, ihre ganze Zeit, eigentlich ihr ganzes Leben für andere opferte. Ich dachte meistens erst mal an mich und war wohl eher ein wandelnder Egoismus. Ich weiß nicht mehr, wie es also dazu kam, dass ich an diesem Tag „ja" zu dem Vorschlag sagte, bei der Fachschaft vorbeizuschauen. Gela kannte ich zu jener Zeit kaum. Sie hatte mich auf den Unifluren immer freundlich gegrüßt und ich hatte Woche um Woche wieder ihren Namen vergessen. In der Linguistikvorlesung kamen wir zum ersten Mal in ein Gespräch, an das ich mich erinnere (es ging um meinen Lateinvokabelkärtchenturm).

Alles fing also mit diesem Fachschaftsbesuch an, auf den ich eigentlich wenig Lust hatte, dem ich aber aus Höflichkeit zustimmte. Irgendwie wollte es der Zufall, dass wir bis nachts mit den Fachschaftsmenschen herumhingen und Gela dann nicht mehr nach Hause kam. Sie wohnte in irgendeinem zwielichtigen Vorort von Heidelberg, der durch den öffentlichen Personennahverkehr nur bedingt mit der Zivilisation verbunden war. Nachts fuhr da jedenfalls nichts mehr. Boris Becker stammt übrigens aus dem gleichen Ort. Mit zu mir nehmen konnte ich sie nicht, weil es bei mir keine Kontaktlinsenflüssigkeit gab. Jedenfalls hatte Gela nicht genügend Geld fürs Taxi und ich bin mit zu ihr gefahren, denn dann kostete es ja für jede nur die Hälfte. Warum ich ihr nicht einfach das Geld geliehen oder geschenkt habe, ist mir bis heute ein Rätsel, aber vermutlich, weil ich etwas dafür haben wollte – eine Taxifahrt nach Leimen.

Von diesem Zeitpunkt an waren wir unzertrennlich und gleichzeitig der harte Kern der Germanistik-Fachschaft. So vergingen die Jahre. Während Gela in erster Linie studierte, um eines Tages Lehrerin sein zu können, lebte ich für mein Studium und genoss jeden Tag an der Uni. Kinder (vor allem in Form von SchülerInnen) fand ich nervig, das Beamtinnendasein spießig und plötzlich war er da, der Tag der Abschlussprüfung. Das Leben musste, auch ohne geliebtes Studium, irgendwie weitergehen. Und mit Gela würde ja vielleicht auch ein Referendariat ganz lustig werden. Wir schmiedeten einen Plan, wie wir das System überlisten und beide an die gleiche Schule und somit natürlich ans gleiche Seminar kommen könnten. Wir sahen uns die Karte von Ba-Wü an, suchten nach einer Stelle, die ziemlich leer aussah und schauten, wo da die nächste Schule ist. Man kann nicht sagen, das Schicksal führte uns nach Neuenbürg, denn wir selbst waren es, die sich aktiv in die Nordschwarzwaldeinöde bewarben. Natürlich wurden wir beide genommen, sonst will da ja auch niemand hin. Bereits im letzten Studienjahr litt unser Sozialleben unter den Examensvorbereitungen und Prüfungen. Dass sich unsere Kontakte zu Freundinnen und Freunden während des Refs (im Nichts!) nicht gerade festigen würden, war uns klar. Um den Kontakt zur Außenwelt nicht völlig einschlafen zu lassen, riefen wir unseren Blog „nigelaimschwarzwald" ins Leben.

... aus Gelas Perspektive

2. Semester Germanistikstudium, Einführung in die Sprachwissenschaft. Da haben wir uns kennengelernt. Ich erinnere mich leider nicht genau, wie wir ins Gespräch gekommen sind, vielleicht ging es um die Karteikärtchen, die Ni während der Vorlesung so eifrig paukte, die jedoch nichts mit Linguistik zu tun hatten, sondern die Lateinvokabeln für ihre anstehende Latinumsprüfung beinhalteten. Kurz darauf schleppte ich sie schon mit zur Fachschaft, die auf Nachwuchssuche war, zu der ich jedoch nicht alleine gehen wollte. Hier übernahmen wir gemeinsam herausfordernde Aufgaben wie Flyergestaltung und Kekse kaufen.
Mit der Zeit wählten wir immer gezielter unsere Lehrveranstaltungen gemeinsam aus, übernahmen in der Fachschaft tatsächlich

mehr Verantwortung und verbrachten schließlich auch immer mehr Freizeit zusammen. Es folgte der erste gemeinsame Spanienurlaub und es dauerte nicht lange, bis wir wirklich unzertrennlich waren. Wurde eine von uns ohne die andere angetroffen, so hieß es schnell: „Wo ist sie denn? Ist sie krank?"
Als in Nis WG ein Zimmer zur Zwischenmiete frei wurde, bin ich freudig eingezogen. Als ich einige Monate später wieder auszog, weil die Hauptmieterin zurück war und ihr Zimmer wieder brauchte, erreichte mich noch am Umzugstag eine SMS von Ni: „Ich vermisse dich jetzt schon. Kann den Anblick deines leeren Zimmers nicht ertragen, musste die Tür zumachen."
So ist es vermutlich nicht verwunderlich, dass uns der Gedanke an das Ende unseres Studiums und eine damit einhergehende Trennung mit Schrecken erfüllte. Es musste also ein Plan her, wie uns das Referendariatsroulette nicht trennen würde. Das funktioniert nämlich in Baden-Württemberg so, dass man drei Wunsch-Ref-Orte angeben kann, von denen man dann mit etwas Glück einem zugeteilt wird. Die Chancen, dass man seinem Wunsch-Ort zugeteilt wird, steigen, wenn man in diesem Ort verheiratet ist, jemanden pflegt, ein Pferd hat oder Ähnliches. Das hatten wir alles nicht und auch den kurz aufgekommenen Hochzeitsgedanken verwarfen wir letztlich wieder. Die Strategie bestand also darin, einen Ort anzugeben, für den sich sonst niemand freiwillig bewirbt, also einen möglichst kleinen Ort, möglichst weit ab vom Schuss. Nach einiger Recherche haben wir Neuenbürg bei Pforzheim im Nordschwarzwald zu diesem Ort auserkoren. Es gab zwar einen noch kleineren, aber der hatte nicht einmal eine Zuganbindung, was dann selbst uns zu gruselig war. Und – oh Wunder! – unsere Strategie ging auf. Wir wurden tatsächlich beide Neuenbürg zugeteilt und haben im benachbarten Schwann, etwa drei Kilometer von der Schule entfernt, eine gemütliche Dachwohnung gefunden – übrigens auch ohne Zuganbindung.
Da wir nun – selbstgewählterweise – zu zweit in der Pampa saßen, beschlossen wir, unsere FreundInnen und Familie in Form eines

Blogs auf dem Laufenden zu halten. So entstand „nigelaimschwarzwald". Da wussten wir noch nicht, dass er sich zu einer Art Psychotagebuch entwickeln würde, dem wir all unsere Alltagskatastrophen anvertrauen würden. Warum wir aus unserem Geschreibsel ein Buch gemacht haben? Weil es im Nachhinein doch ganz lustig ist. Weil wir hoffen, anderen Reffis Mut machen zu können, die sich in unseren kleineren und größeren Sorgen wiederfinden und letztlich zu der Erkenntnis gelangen: Man überlebt es!

Über uns: Bewohnerinnen der Ref-WG

Name: Droppie
Rasse: Havaneser-Zwergspitz-Mix
Farbe: Schwarz-weiß
Alter: zum Refzeitpunkt 4 Jahre
Familienstand: lebt mit Nis Mutter und deren Mann Peter in Langenhain
Hobbys: Toben, fressen, schlafen, Leute ankläffen → macht während unseres Referendariats ständig Urlaub im Schwarzwald, in der Ref-WG gefällt es ihr sehr gut

Name: Gela
Alter: zum Refzeitpunkt 24 Jahre
Studium: studierte Spanisch und Deutsch in Heidelberg
Familienstand: während des Refs kompliziert
Hobbys: die Welt retten → unter anderem durch die ehrenamtliche Mitarbeit bei der Naturschutzjugend und bei der NGO „Go Ahead!", die Gela beispielsweise zum Hausbau nach Uganda führte

Name: Ni
Alter: zum Refzeitpunkt 27 J.
Studium: studierte Geschichte und Deutsch in Heidelberg, zeitweise auch Philosophie
Familienstand: liiert mit Christian, der zwar aus dem gleichen Ort kommt wie Ni, zum Refzeitpunkt aber im etwa 750 km entfernten Kiel lebt
Hobbys: die Welt retten → unter anderem durch den bisher vergeblichen Versuch, mittels passivem Widerstand (Nichtstun) und politischem Sambaspiel (*Rythms of Resistance*) eine Weltrevolution herbeizuführen

Die Gemeinsamkeiten von Gela und Ni gipfeln in der Vorliebe für TV-Serien, in dem von beiden gleichermaßen gelebten Vegetarismus („Es soll kein Lebewesen sterben, damit wir leben können!") und in dem über alles schwebenden Wunsch, das Ref schnell, unbeschadet und möglichst erfolgreich zu bestehen.

Zusammenfassendes Statement eines Heidelberger Studienfreundes: „Zwei farbenprächtige und lebendige Elemente, die ihre eigenen Lieder singen."
Nun denn …

Erster Tag

Veröffentlicht am 9. Januar von nigela

Der Ort des Geschehens ist links zu sehen (kein Grabstein, sondern das Hinweisschild vor unserer Dienststelle, übrigens ungleich Dienstort, das ist der Schulort).
Viel früher zu Hause als erwartet, juhuuu! Zwar war auch die Freude am Morgen groß, als Ni schon vor Beginn unserer großartigen Begrüßungs-Einführungs-Vereidigungsveranstaltung am Bühnenrand vielversprechende Tütchen mit vermeintlich aufmunternden Giveaways entdeckte („Oh guck mal, die Tütchen!" – „Ah ja, Kotztüten."), aber diese stellten sich leider nur als weitere bürokratische Beschäftigungsmaßnahme heraus. Panik kam auf, als alle Namen der angehenden Reffis verlesen wurden – außer Nis. Die durfte dann im Anschluss an die Großveranstaltung allein im Büro des Seminaroberfuzzis antanzen und den Vereidigungsschmu noch einmal ganz individuell vortragen. Besser als arbeitslos. Der Tag blieb ansonsten mäßig aufregend (uns wurde in Babysprache und mindestens dreifacher Ausführung erklärt, was sogar wir schon wussten) und so kam die eigentliche Freude dann auf, als wir vorzeitig entlassen wurden (und nachdem wir die erste Entrüstung über das obligatorische Knöllchen verwunden hatten). Erster Tag rum, wir sind jetzt vereidigt und Beamtinnen auf Widerruf.

Zweiter Tag
Veröffentlicht am 10. Januar von nigela

Highlights des heutigen Tages
- das thailändische Essen
- die Witzfigur vom Philologenverband
- das GEW-Balisto (+ GEW-Brotbox)
- der Multimediaeinstufungstest ➔ der war WIRKLICH interessant, Ni hat nur in sich hineinlachend abwechselnd „nein" (bei den „Haben Sie schon einmal das und das gemacht"-Fragen) und „ich weiß es nicht" (bei den Wissensfragen) angekreuzt. Wenn es weder ein „nein" noch ein „ich weiß es nicht" zur Auswahl gab, hat sie die Frage unbeantwortet gelassen. Aber dann hinterher total überzeugt bei „Welche Lizenz möchten sie am Seminar Karlsruhe erwerben?" MULTIMEDIABERATERIN angeklickt
- der Kauf zweier Monatskarten (also eigentlich waren es vier für zwei Tarifgebiete)

Lowlights des heutigen Tages
- das Haus bei Finsternis verlassen
- das eeeendlose Gegurke („Boah, das ewige Bahnfahren nervt mich schon nach dem 2. Tag!" – „Heute ist der 1. Tag, an dem wir Bahn fahren ..." – „Ups.")
- die Auskunft des Bankangestellten im Hinblick auf unsere vermögenswirksamen Leistungen
- das Haus im Dunkeln wiedergefunden (hätten wir das zu den Highlights schreiben müssen?) ➔ Zitat: „Ist das da vorne unser Haus?"

FAZIT: Wir haben immer noch keine private Krankenversicherung, dafür jetzt schon die Schnauze voll vom Seminar und vor allem von der täglichen Fahrt dorthin.

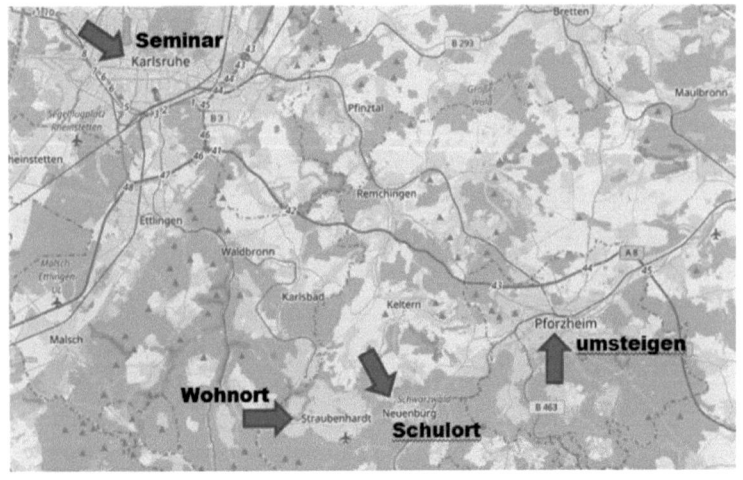

Quelle: www.openstreetmap.org

Schwarzwaldidylle
Veröffentlicht am 11. Januar von ni

Highlights
- leckeres Essen
- keine Hausaufgaben aufbekommen
- netter Tutor
- nur noch ein Tag bis zum Wochenende

Außerdem bin ich heute in Bad Herrenalb umgestiegen und habe mich gleich verliebt, sooo niedlich! Hoffentlich steige ich da jetzt öfter um!

Im Laufe der heutigen Fachdidaktiksitzung bin ich auch endlich dahintergekommen, weshalb ich Geschichte studiert habe: Hilft bei der Partnerwahl! Warum das so ist, hat der Tutor leider nicht erläutert.

PS: Und Gela hatte frei!

Erste Woche – check!
Veröffentlicht am 12. Januar von nigela

Juhu, erste Ref-Woche geschafft! 13-Stunden-Tag mit Mühe und Not überstanden und jetzt langes Wochenende!

„Frei"-Tag
Veröffentlicht am 13. Januar von nigela

Angriff der Killer-Butter nach Großeinkauf. Man sollte sie nicht auf dem Armaturenbrett ablegen, wenn man schwungvoll durch Kurven fährt. Leider blieb sie anschließend auf mysteriöse Weise unauffindbar.

Sonntag
Veröffentlicht am 15. Januar von nigela

Die Sonne war da. Zumindest draußen.
Nach wie vor beschäftigt uns das Verschwinden der Butter. Hinweise, die zum Auffinden derselben beitragen, werden angemessen belohnt.

Erkenntnisreiche Zeiten
Veröffentlicht am 16. Januar von nigela

Veranstaltungsankündigung: Große Party in der Küche um 21.05 Uhr (also jetzt). Kommt alle und bringt gute Laune, Essen und Getränke mit! → Anlass: Studiengebühren sind Vergangenheit! Dafür ist der örtliche Verkehrsverbund jetzt reicher als gestern. Und die Butter bleibt verschollen.
Ansonsten heute:

- zwei Eichhörnchen gesehen
- den süßesten aller süßen Hunde gesehen
- Multimedia ausgefallen (Gela)
- endlich auch ein gutes Versicherungsangebot bekommen (Gela)

ABER:
- auch Gela: des Schwarzfahrens bezichtigt, obwohl ich mir eine scheißteure Monatskarte gekauft habe. War aber in der falschen WABE, nämlich in Bad Herrenalb! Das wusste nicht einmal der Busfahrer. Dafür aber der Kontrolleur … Leider hat er mich dank akutem Herzschmerz auf dem falschen Fuß erwischt, ich wollte heulen, es konnte aber zum Glück vermieden werden. Vielleicht hätte es aber auch geholfen? Wir werden jedenfalls trotz aller Schwarzwaldidylle künftig nicht mehr über Bad Herrenalb fahren.

Erkenntnisse des Tages:
- Noten sind scheiße (Ni). Und so ein paar andere Dinge auch (Gela, s.o.).
- Bauchschmerzen helfen beim Abnehmen. Und Kopfschmerzen sind schlecht für den Schlaf.
- Beim Dönermann ist es wärmer als draußen.
- Die Haltestelle Durlacher Tor befindet sich nicht am Durlacher Tor.
- KIT heißt Karlsruher Institut für Technologie.
- Klischees haben manchmal ganz schön wahre Kerne. Manchmal auch nicht.
- Meine Geranie ist ein Kunstwerk (Gela).
- Nüsse vom Tisch zu essen ist leichter als Nüsse aus der Tüte zu essen.
- In dubio pro reo.
- Genitiv ins Wasser, weil Dativ ist! (Christian)

Geschenkewunschliste:
- jeweils eine Schultüte zur Einschulung am 1.2. (vorher sind wir zur sogenannten Kompaktphase ausschließlich am Seminar)
- Pürierstab
- Lehrerinnentasche für Ni

Donna-donna-donna-donnastaaag
Veröffentlicht am 19. Januar von ni

Was gibt's Neues?
Ein Fahrrad ist platt, das andere steht einige Ortschaften weiter am Bahnhof. Das Auto ist kaputt und die benötigte Zeit für den Weg vom Seminar nach Hause hat sich von 1,5 auf 2,5 Stunden erhöht. Gela ist krank und hat heute unseren neuen Hausarzt getestet. Die Sprechstundenhilfe war zu doof zum Fiebermessen und das Wartezimmer machte seinem Namen alle Ehre. Ich habe in jedem Fitzelfach Hausaufgaben auf und muss mich nun auch noch außerhalb meiner Veranstaltungen mit Kolleginnen treffen, um blöde Präsentationen vorzubereiten, uuääh. Die Exkursion, für die wir uns anmelden wollten, war bereits voll, als unser Kurs endlich aus war, weshalb wir nun die komplette Veranstaltung boykottieren und die Ausflüge ohne uns stattfinden. Das vermeintliche Containerparadies[1] Schwann entpuppte sich als Farce. Vermutungen zufolge funktioniert es nur am Wochenende, das muss aber noch bewiesen werden!
Heute im Seminar gab es den abwegigen Versuch eines Deutsch-Kollegen, das Eichendorff-Gedicht „Mondnacht" marxistisch zu interpretieren: „Geht es da nicht um Klassenkampf?" In Pädagogik ging es öde weiter, indem wir drei Stunden lang didaktische Modelle durchgekaut haben. Eines unsinniger als das andere und ich

---

[1] Containern: Retten weggeworfener Lebensmittel aus Supermarktabfällen.

musste, egal ob es um das Hamburger oder das Berliner Modell ging, permanent an Essen denken. Am Mittwoch machen wir mit Geschichte einen Ausflug ins Landesmedienzentrum, was verspricht, ein Highlight zu werden! Immerhin besser als stupide Stundenentwürfe. Das war es auch schon an spektakulären Neuigkeiten aus dem Seminaralltag. Dass die Butter noch immer nicht aufgetaucht ist, stimmt mich so langsam nachdenklich.

> *andre sagte am 19. Januar um 5:32 nachmittags :*
> *Danke für die freundliche Empfehlung, das Referendariat am besten gar nicht erst anzufangen.*

Nigela sucht Alternativen
Veröffentlicht am 23. Januar von nigela

Heute haben wir einstimmig entschieden: Es reicht mit Ref. Und mit Toastbrot! Deshalb gönnen wir uns von unserem letzten Geld morgen ein richtiges Mittagessen! In der Zwischenzeit fiebern wir dem Ende der Kompaktphase entgegen („Bestimmt wird in der Schule alles besser!") und hoffen, dass sich unser Leid wenigstens bald auf unseren Konten auszahlt. Außerdem nähern sich sämtliche Versicherungssachen einem guten Ende und auch eine Lösung für die mysteriösen vermögenswirksamen Leistungen ist gefunden. Gela geht weiterhin beim Arzt ein und aus.

Dienst-AG
Veröffentlicht am 24. Januar von nigela

Der hier ansässige Verkehrsverbund und Nigela harmonieren irgendwie noch nicht so richtig. Didaktische Modelle und Ni auch nicht. Aber bald wird alles besser:
- bald nur noch 2x pro Woche nach Karlsruhe (dafür 4x pro Woche zur Schule)

- bald beginnt der Gitarrenkurs in Waldbronn (Ni)
- bald bekommen wir unser Gehalt
- bald bekommen wir vielleicht eine Nachricht, in der steht, dass wir doch an der Exkursion teilnehmen dürfen
- bald bekommt Gela (vielleicht) ein fahrbares Fahrrad
- bald werden die Tage länger

Schade, dass unser Denken so zukunftslastig ist. Erschreckende Parallelen zu Klafkis Modell. Und da soll noch einmal jemand behaupten, wir hätten nicht aufgepasst!

Karlsruhe ist eine so schöne Stadt! Heidelbergflair mit Großstadtcharakter. Außerdem gab es heute für 50% der Nigela ein richtiges Mittagessen und für uns alle ein richtiges Abendessen (vier Berliner SIND ein richtiges Abendessen). Momentan baut Ni Gitterkäfige aus Schuhkartons und steckt Zettel mit den Namen ihrer Dozenten hinein. Sie will sie im Flur aufstellen und dagegen spucken. Was heute im Seminar vorgefallen ist, kann man nur munkeln. Sonst in der Pampa nix Neues.

HILFE!!!
Veröffentlicht am 25. Januar von nigela

Hier ist ein ganz ekliges Gregortier[2] in unserer Küche! Schlimmer als Gregor, unheimlicher und größer! Kann bitte schnell jemand herkommen und es entfernen?!? Es eilt!!!

> *hanna sagte am 29. Januar um 12:02 vormittags:*
> *Der Kammerjäger wurde bereits verständigt. Haltet*
> *durch, bis er kommt!*

---

[2] Vgl. Franz Kafkas „Die Verwandlung".

Backe, backe Brot
Veröffentlicht am 25. Januar von gela

Teil 1:
Oh Mann, mittlerweile denke ich schon jeden Tag: „Heute ist nicht mein Tag." Die Invasion der Killerinsekten ist zunächst überstanden. Und einen Banksparvertrag für die vermögenswirksamen Leistungen haben wir auch endlich angelegt und ich habe sogar die Fenster im Wohnzimmer geputzt. Aber dann … ich wollte uns ein Brot backen, aber meine Mutter hat IHR Rührgerät mit MEINEN Haken mitgenommen, sodass nun in unserem Küchenschrank mein Rührgerät mit ihren Haken liegt. War zwar ein größerer Akt, aber soeben habe ich trotzdem ein gutaussehendes Brot aus dem Ofen geholt. Dann habe ich mich kurz über die Lieferung meiner Versandhaus-Bestellung gefreut, aber sowohl das „elegante Kleid" für Melanies Hochzeit als auch die „seriöse Hose" für die Schule sind ein Witz … Am schlimmsten: Mein Auto springt schon wieder nicht an! Wie komme ich nun in die Werkstatt? Und wie von dort wieder nach Hause? Und wie vermeide ich, dass mir dort irgendein Mist erzählt wird, weil ich ja nunmal keine Ahnung von Autos habe? Und wovon bezahle ich die Reparatur? Uääähhhh! Einkaufen fällt somit auch flach, bzw. wird zum Supermarkt in fußläufiger Nähe verlegt. Meine Hausaufgaben sind auch immer noch nicht gemacht, ganz zu schweigen von den 1000 anderen Dingen, die ich heute erledigen wollte. Bei der Post stand ich vor verschlossenen Türen. Andauernd lasse ich Sachen fallen …

Teil 2:
Ich war nun doch noch erfolgreich bei der Post und das Brot schmeckt auch. Das Auto wird morgen abgeholt. Hoffentlich funktioniert es bis zum Wochenende wieder. Und hoffentlich funktioniere ich am Wochenende noch: Ich habe eine geschlagene Stunde im Wartezimmer verbracht, um dann zu hören, dass es immer noch nicht in Ordnung ist. Also weiter Antibiotika und weiter Arztbesuche. Hausaufgaben immer noch nicht gemacht.

Und Ni ist auch noch nicht aus Karlsruhe zurück, die Arme hat wohl die busfreie Stunde erwischt. Morgen müssen wir wieder um 6 Uhr aus dem Haus ...
Teil 3 (Ni ergänzt):
Über uns ist der unvorstellbar zauberschönste Sternenhimmel! (In diesen Genuss kommt man erst so richtig, wenn man die busfreie Stunde erwischt!)

> *andre sagte am 26. Januar um 1:31 vormittags :*
> *Wenn man das so liest, weiß man nicht, ob man Neid oder Mitleid empfinden soll. Es reimt sich ja auch irgendwie schmutzig ... vielleicht liegt auch darin der besondere Wert.*

Pat und Patachon
Veröffentlicht am 27. Januar von gela

Auch den gestrigen Horrordonnerstag haben wir überlebt. Inklusive grauenhafter Gruppenarbeit in Pädagogik. Und erneut haben wir festgestellt, dass wir zumindest teilweise die Einäugigen unter den Blinden sind: Die Spanisch-Hausaufgabe, die ich in der 5-Minuten-Pause hingewischt hatte, muss immerhin so in Ordnung gewesen sein, dass sie auserkoren wurde, um im Kurs vorgestellt zu werden – verrückte Welt. In Zukunft mache ich meine Hausaufgaben nur noch so. Ansonsten haben wir endlich gemeinsam ein richtiges Mittagessen zu uns nehmen können, tolles Erlebnis! Nis anschließende Shoppingtour (auch hier: „seriöse Klamotten für die Schule") war leider nicht von Erfolg gekrönt und ich habe wegen der bescheuerten Bahn-Geschichte von letzter Woche 10 Euro an den hiesigen Verkehrsverbund abdrücken müssen. Ärgerlich. Nun steht zumindest ein langes Wochenende mit Besuch von Caro vor der Tür. Mein Auto steht dafür nicht mehr vor der Tür. Ich werde gleich zur Werkstatt wandern und fragen, wie es ihm geht. Ah, nicht zu vergessen: Ni und ich haben auch erneut festgestellt, dass wir in der Schule vermutlich für den ein oder anderen

Lacher sorgen könnten (das fiel uns unter anderem auf, als Ni (1,64m) neben mir (1,86m) hertrabte, während ich im Sturmschritt Richtung Werkstatt marschierte, nur um festzustellen, dass sie schon zu hatte). Gewisse Ähnlichkeiten mit Pat und Patachon sind kaum zu leugnen.

Ich will Skifahren
Veröffentlicht am 27. Januar von ni

Oder wenigstens Schlitten. Und bis es so weit ist, laufe ich mit Skiklamotten durch die Wohnung. Toll. Für die paar Buchstaben habe ich jetzt fast 30 Minuten gebraucht (mit Skihandschuhen tippen ist schwer).

Was meint ihr?
Veröffentlicht am 28. Januar von nigela

1 Hamster oder 2 Degus?

○ 1 Hamster ○ 2 Degus ○ Gar nix

> *andre sagte am 28. Januar um 2:28 nachmittags :*
> *Was sind Degus?*
> *nigela sagte am 28. Januar um 6:02 nachmittags :*
> *Wikipedia sagt: „eine in Chile heimische Nagetierart aus der Gattung der Strauchratten".*
> *caro sagte am 31. Januar um 7:16 nachmittags :*
> *Oh Mensch, jetzt wollte ich diese tolle Umfrage manipulieren und es klappt nicht ... Düdümm ...*

Ergebnis:
1 Hamster 27.27%
2 Degus 36.36%
Gar nix 36.36%

Die Retterin
Veröffentlicht am 29. Januar von ni

Nach jahrelangem ergebnislosem Suchen nach Leuten, die mit mir Skifahren gehen (ich weiß, dass der Gedanke bedrohlich ist, aber SO schlimm bin ich doch auch nicht?!), hat sich in meiner Verzweiflung schließlich Mama erbarmt, mich wenigstens für einen Tag mit in den Schnee zu nehmen, in ein kleines Miniskigebiet, wo selbst ich nicht verlorengehen kann.
Und es gibt noch eine gute Nachricht! Ich bin endlich fertig mit dem Putzen, juhu!

Multimediales Geschick
Veröffentlicht am 30. Januar von gela

Vorletzter Tag der Kompaktphase geschafft!
Außerdem schneit es. Gar nicht mal so wenig.
Und das habe ich heute in Multimedia gelernt:

Kompaktphase rumfiddibum!
Veröffentlicht am 31. Januar von ni

SPECIAL THANKS TO HANNA, WHO MADE OUR DAY!
Wir freuen uns immer noch über die wunderbaren Schultüten!
Morgen beginnt der Ernst des Lebens.

Unsere Schule ...
Veröffentlicht am 1. Februar von gela

... hat weder eine Cafeteria noch Pausen. Dafür 1000 SchülerInnen, 90 LehrerInnen, 2 Kornnattern und diverses anderes Getier. Die Menschen waren bisher nett, allerdings sind wir völlig reizüberflutet. Entsprechend schmerzen die Köpfe, aber Ausruhen ist nicht drin, weil wir noch so viel zu tun haben, dass wir gar nicht wissen, wo wir anfangen sollen. Trotzdem sind wir gar nicht allzu abgeschreckt und schauen noch relativ optimistisch auf die nächsten Tage und Wochen. Ni begleitet morgen eine 5. und ich eine 6. Klasse. Unsere Zeit an der Schule sieht nämlich so aus, dass wir nun für den Rest des Schuljahres jede Menge hospitieren und in verschiedenen Klassen unter Aufsicht unserer MentorInnen bzw. der FachlehrerInnen einzelne Stunden oder Einheiten unterrichten. Auch von den FachleiterInnen aus dem Seminar werden wir im Unterricht besucht und am Ende des Schuljahres wird dann entschieden, ob wir im nächsten Schuljahr zum „selbstständigen Unterricht" zugelassen werden, also eigene Klassen übernehmen dürfen.
Ni ergänzt:
Ich freue mich, überhaupt an der Schule bleiben zu dürfen, es ging nämlich ähnlich weiter wie am ersten Tag am Seminar. Alle neuen Reffis (insgesamt fünf) wurden in der ersten Stunde von ihren MentorInnen begrüßt. Nur mich begrüßte niemand. Alle waren verwundert, mich überhaupt zu sehen, mein Name stand (wie immer) auf keiner Liste. Ich wurde also zum Schulleiter geschickt,

der mir mitteilte, dass ich zunächst zwar eingeplant gewesen wäre, dass ich dann aber mein Referendariat abgesagt hätte. Na klar. Das wüsste ich aber!!! Ich wurde also in einen Warteraum verfrachtet, in dem ich eines Mentors harrte, der nicht kam. Letztlich ging alles gut aus, ich wurde auf Listen und Plänen ergänzt, wurde für die Newcomerausstellung im LehrerInnenzimmer photographiert und irgendwann tauchte sogar ein Mensch auf, der sich dazu bekannte, mein Mentor zu sein.

Wir mögen die Kioskfrau!
Veröffentlicht am 2. Februar von ni

Auch am zweiten Tag finden wir es noch sehr nett in der Schule. Erstaunlich umgängliche Kinder. Sie werden nicht müde, ihr „Guuuuteeeen Mooorgeeeeen Fraaaaaaau Schuuuuuh" auch noch in der 6. Stunde zu rufen. Ich habe heute gelernt, wie ich auf Englisch Klamotten kaufe, wie ich auf Französisch Einkaufslisten schreibe (verdammter Kapitalismus), in NWT (Naturwissenschaft und Technik) haben wir was zum Wasserdruck gelernt und ausgerechnet, wie schwer Luft ist. Anschließend wurde in Musik für das Konzert im März geübt (Bläserklasse = Klarinette, Querflöte, Saxophon), dann haben wir in Geo noch festgestellt, dass die Jahresdurchschnittstemperatur auf dem Feldberg 4°C beträgt und dann war schon wieder Schule aus. Mein Mentor plant bereits fleißig meinen ersten Unterrichtsbesuch. Wir versuchen, ein fächerübergreifendes Projekt auf die Beine zu stellen. Da ich Deutsch in der besagten Bläserklasse unterrichte, bietet sich eine Musikkooperation an. Wird wohl irgendein Musik-Märchen-Ding. Wenn das mal gut geht.
Ansonsten ist es hier furchtbar kalt und wir laufen so durch die Wohnung:

Schule ist wie Robinson
Veröffentlicht am 3. Februar von nigela

Schön, dass der langersehnte Freitag nun endlich da ist!

Ein richtiger Freitagabend
Veröffentlicht am 4. Februar von nigela

Juhu, wir entwickeln ein Sozialleben. Gestern haben wir einen sehr schönen Abend gehabt.
Highlight bei Tabu: „Das machen Frauen immer gerne!" – „Diät!"
Aber nun wird geschafft: Märchen, Fabeln, Modas y marcas, Projektwoche …

> *sarah sagte am 4. Februar um 9:35 nachmittags :*
> *Jiha!!! Welche Ehre, auf dem Blog vorzukommen! War wunderbar und muss wiederholt werden … Auf das Sozialleben – und die Diäten!*

Wie kalt …
Veröffentlicht am 5. Februar von gela

… soll es denn noch werden? Wir sind mittlerweile bei -18° C. Heizungen auf 5 (bringt gar nichts, die Innentemperatur ist nicht viel höher als die Außentemperatur), Mützen, Decken, Tee, Wärmflasche… es reicht! Kann vielleicht jemand Frühstück vorbeibringen, damit ich einen Anreiz habe, aufzustehen?
PS: Ich bin definitiv NICHT bereit für die neue Schulwoche. Winterschlaf wäre doch gut!
Erkenntnis des Tages: Sich kochendes Wasser über die Hand zu kippen, ist ganz schön doof.

DONE!
Veröffentlicht am 6. Februar von ni

Juhu, den längsten Tag der Woche mit Schule *und* Seminar überlebt! Mein Kopf tut weh. Alles andere auch. Der Gedanke daran, dass das bloß der erste von vielen weiteren furchtbaren Montagen war, lässt uns verzweifeln. Der einzige Lichtblick für den morgigen Seminartag: Da darf man anziehen, was man will, und muss sich nicht verkleiden. Gitarrenkurs rockt! Mit zehn Gitarren klingen sogar lahme Lieder kuhl!

> *sarah sagte am 9. Februar um 4:23 nachmittags :*
> *Noch kein DaF-Bericht? Das ist ja zum sich Kaputtstreuen! Auwei, wenn ich dran denke, dann muss ich stundenlang lachen – jetzt auch wieder. Lag also nicht nur an der Müdigkeit. Schreibt, Mädels! So kann es nicht weitergehen!*

Erkenntnisse linguistischer Art
Veröffentlicht am 9. Februar von gela

So, auf den vielfachen Wunsch einer einzelnen Dame wird weitergeschrieben. Es stimmt, wir waren nachlässig. Die letzten vier Tage waren aber auch wirklich mehr als voll. Den langen Montag haben wir wie gesagt überlebt. DaF (Deutsch als Fremdsprache) hat sich – um es mit Sarahs Worten zu sagen – als Küchen-DaF-Kurs entpuppt. Wir haben gelernt, dass „entdecken" bedeutet, die Decke von etwas (oder jemandem?!) zu nehmen. Hauptsache am Ende gibt es einen Schein. Gestern hatte ich meinen ersten Unterricht in einer 8. Klasse in Spanisch. Sowohl SchülerInnen als auch ich leben noch. Das Feedback meiner Mentorin war sogar ziemlich ermutigend.

Ansonsten ist weiter Winter, es fallen gerade wieder dicke Flocken vom Himmel und ich schlafe mittlerweile teilweise mit Kniestrümpfen, Wollsocken, Pulli, Bettdecke, drei Wolldecken und Wärmflasche. Die Stimmung ist ein einziges Auf und Ab, was wirklich anstrengend ist. Im Moment ist der Wunsch nach einem Oneway-Ticket nach weit weg extrem groß. Schwann, Kälte, Dunkelheit, Stress und diverse Sorgen (die sollen hier nicht weiter ausgeführt werden, nur so viel: das bereits in Zusammenhang mit der Pseudoschwarzfahrt angedeutete „Liebesleben" mit all seinen Höhen und Tiefen nimmt keine Rücksicht auf Ref-Stress) tragen ihren Teil dazu bei.

PS: Ich bin fertig mit dem Putzen und die Brigitte-Aerobic-DVD, zu der wir lustig durchs Wohnzimmer hampeln, sorgt dafür, dass wir nicht so schnell fett werden.

Zeitgefühl kaputt
Veröffentlicht am 10. Februar von gela

Wir haben wieder eine Woche überlebt. Keine Ahnung, ob sie total kurz oder furchtbar lang war. Einerseits kommt es mir vor, als

wäre es gestern gewesen, dass wir uns darüber gefreut haben, den Montag hinter uns gebracht zu haben, andererseits scheint das letzte Wochenende ewig her zu sein. Wie auch immer: Gleich brechen wir auf nach Heidelberg, mit mehr und weniger positiven Aussichten sowie Zwischenstopp bei Ikea, damit ich endlich einen Schreibtisch bekomme.
Ansonsten ist es nun amtlich: Hier sind ALLE verheiratet. Alle! Egal ob Männlein, Weiblein, jung, alt, toll oder doof – einfach alle. Kommentar eines Freundes: Schnapp dir doch einen Verheirateten. Ich bin immer noch für die Oneway-Ticket-Variante.

Auf Tuchfühlung
Veröffentlicht am 10. Februar von gela

Soeben habe ich den gesamten Adrenalin-Vorrat für das restliche Jahr ausgeschüttet: Drei Wildschweine mussten die Straße unbedingt in dem Augenblick überqueren, als ich mit etwa 100 km/h durch den Wald fuhr. Zum großen Glück fuhr niemand hinter mir, sodass ich mit einer Vollbremsung ein paar Zentimeter vor dem letzten Tierchen zum Stehen kam. Hoffentlich ist neben dem Adrenalin damit nicht auch das Glück für den Rest des Jahres aufgebraucht. Der unerwartete Abend in der ZEP war hingegen noch echt nett. Nun steht der Mond so schön über dem Waldrand und sagt gute Nacht. Ich auch.

Die Erbschaft
Veröffentlicht am 11. Februar von ni

Unerwarteter Reichtum brach über mich herein! Weil ich nicht weiß, wie viele EinbrecherInnen unseren Blog lesen, hier lieber keine Details. Liebe Grüße an alle wundervollen Menschen in Heidelberg, es war schön euch wiederzusehen und ich freue mich schon auf das nächste Mal!

> *hanna sagte am 11. Februar um 4:15 nachmittags :*
> *Es war auch sooo schön euch zu sehen! Ihr fehlt hier in Heidelberg!*

Back to life!
Veröffentlicht am 11. Februar von gela

Jaaa, Heidelberg war toll. Ich hatte gar nicht gemerkt, dass ich es so vermisst habe. Es war tatsächlich ein bisschen wie nach Hause zu kommen. Heute bin ich bei strahlendem Sonnenschein durch die Stadt getappert und war erfolgreich shoppen. Ich habe jetzt ein paar Klamotten mehr für die Schule und tolle Schuhe für Melanies Hochzeit. Außerdem habe ich endlich den Geburtstags-Massage-Gutschein von Ni eingelöst! Danke noch einmal, es war echt gut! Zu guter Letzt hatte ich einen schönen Abend mit einer Freundin und kann nun morgen mit neuer Motivation an die Unterrichtsvorbereitung gehen. Außerdem wird die Feierlaune immer stärker, also Sarah, es wird Zeit, loszuziehen! Oh, und einen Schreibtisch habe ich nun auch endlich. Er ist zwar eigentlich ein geborener Esstisch, aber er wird sich sicher schnell an seine neue Rolle gewöhnen. Er ist groß, weiß, stabil und hat nur 29€ gekostet!

Hier in Sinsheim gibt es zwar heute keinen Mond, aber dafür einen unglaublichen Sternenhimmel, der dem in Schwann Konkurrenz macht. In diesem Sinne: Buenas noches (ich bin so müde, dass ich eben auf dem Nachhauseweg(!) die Abfahrt verpasst habe …)!

> *caro sagte am 13. Februar um 2:18 nachmittags :*
> *Oh ja, war toll, dass ihr uns besucht habt. Müsst ihr öfter machen! :)*

Wozu gehen wir nochmal ins Seminar?
Veröffentlicht am 14. Februar von gela

Der erste Wochentag ist mal wieder überstanden, für Ni dank Erkältung leider mehr schlecht als recht. Für mich trotz Stress-Montag eigentlich ganz gut. Ich habe gestern wieder unterrichtet und werde so langsam warm. Es macht wirklich Spaß (ok, die 8. Klasse ist lammfromm) und ich habe richtig Lust, viel zu lernen und guten Unterricht zu machen (oje, ich mache mir selbst ein bisschen Angst). Das Seminar trägt dazu leider immer noch wenig bei, aber vielleicht kommt das ja noch. Auch wenn ich den Sinn darin, Traktoren mit Open Office Draw zu zeichnen, bisher noch nicht erkennen konnte und gestern angesichts der Absurdität unserer Lerninhalte mehrmals lauthals lachen musste. Auch die Notwendigkeit, erwachsenen Menschen in Schulrecht zu erklären, dass man mit seinen SchülerInnen nicht auf halb zugefrorenen Baggerseen Schlittschuh laufen soll, sehe ich nicht wirklich gegeben. Und dass DaF-SchülerInnen den Ausdruck „jdn. auf den Arm nehmen" mit der Paraphrasierung „jdn. zum Narren halten" besser verstehen, bezweifle ich auch. Aber selbst das tut meiner Motivation keinen Abbruch. Deshalb sitze ich auch gerade an der Vorbereitung für meine morgige Doppelstunde und überlege fieberhaft, ob man wohl ein Kugellager (ich meine natürlich die Methode, hat nichts mit Krieg zu tun) als Einstieg nutzen kann …
Außerdem habe ich mein Zimmer umgestellt, was wirklich eine gute Sache war und das Ganze gleich noch netter macht, zumal ich nun meinen neuen Schreibtisch auch in meinem Zimmer habe und mich über das tolle Tageslicht beim Arbeiten freuen kann, statt verloren im Dunkeln unter der Dachschräge im Wohnzimmer zu sitzen. Apropos Dachschräge: Die in meinem Zimmer kracht (vor allem nachts) in regelmäßigen Abständen so laut, dass ich senkrecht im Bett sitze. Man sieht, dass die Latten auseinanderdriften und ich habe etwas Sorge, eines Nachts von meiner herabstürzenden Dachschräge erschlagen zu werden.

Bis dahin (also bis mich die Dachschräge erschlägt) freue ich mich aber auf Freitag, an dem bei Sarah mit einem Sektumtrunk die Ferien begrüßt werden, freue mich auf die Ferien an sich, die ich wieder für einen Heidelberg-Besuch nutzen werde und freue mich nicht zuletzt auf den Frühling! Wärmer wird es ja schon, wir haben jetzt nur noch -2° statt -18°, was ja schon ein beträchtlicher Unterschied ist, der uns dafür gerade mal wieder neuen Schnee beschert. Aber bestimmt wird es jetzt immer besser! Sogar auf Melanies Hochzeit freue ich mich mittlerweile, obwohl ich der bisher eher skeptisch entgegengesehen habe. Oh, und nicht zu vergessen: Nis und meine Fahrt nach Amsterdam in den Osterferien und das Go Ahead!-Treffen in Bremen (da war ich noch nie).
Keine Ahnung, was mit mir los ist. Ob Ni mir Gute-Laune-Pillen in den Kaffee getan hat? Sie meinte jedenfalls gerade: „Ich mag uns."

> *hanna sagte am 14. Februar um 8:02 nachmittags :*
> > *Das hört sich toll an! Freue mich sehr für dich. Ni, weiterhin gute Besserung!*
> *sarah sagte am 15. Februar um 8:12 nachmittags :*
> > *YES!*

Alle haben überlebt!
Veröffentlicht am 15. Februar von ni

Lediglich leicht Verletzte nach heutigem Geschichtsunterricht.

Eben bei Tabu
Veröffentlicht am 16. Februar von nigela

„Der nimmt das Geld von den Armen und gibt's den Reichen."
„Ah, nicht Peter Pan! Der andere Grüne!"
„Du meinst Joschka Fischer?!"

Fett fett fett!!!
Veröffentlicht am 16. Februar von ni

Nur noch einmal aufstehen, dann sind Ferien!

> *andre sagte am 16. Februar um 10:37 nachmittags :*
> *Juhuuu!*

Fast Ferien
Veröffentlicht am 17. Februar von gela

Auch heute haben wir es erstaunlicherweise noch einmal geschafft, aufzustehen. Nun verbringen wir unseren ersten letzten Schultag vor den Ferien als Referendarinnen. Und sitzen mal wieder rum, da die Mehrzahl der geplanten Stunden wegen Klassenarbeiten oder Ähnlichem ausfällt. Nach der Schule geht es zum Sektumtrunk, um die Ferien zu begrüßen. Ni fährt anschließend für den Rest des Tages Zug und ich lerne endlich das Pforzheimer Nachtleben kennen.

> *hanna sagte am 17. Februar um 11:43 vormittags :*
> *Wünsche euch erholsame erste Ferien mit langem Ausschlafen*
> *und hoffentlich ganz viel Nichtstun!!*

Ferien sind …
Veröffentlicht am 23. Februar von gela

… bisher:
- total netter Beginn mit total netten Leuten in Pforzheim
- Fernweh
- zu viel Schlaf
- Friseur (mal wieder zum Abgewöhnen!)

- das schöne Sonnenwetter nutzen und ganz viel spazieren gehen, mit und ohne Tierheimhunde
- Unterrichtsvorbereitung: meine Spanischeinheit ist fertig geplant und zum krönenden Abschluss machen wir nächste Woche eine Modenschau, die wir filmen und bei der die SchülerInnen ihre ganzen neu gelernten Vokabeln (Farben, Kleidungsstücke, Meinung ausdrücken usw.) anwenden können – ich bin total gespannt!
- spannende Dokus, die das Fernweh noch verstärken (aber am Sonntag buchen wir unseren Sommerurlaub, juhu)

Was noch ansteht:
- Besuch in Heidelberg: Ich freu mich schon!
- Rückkehr nach Schwann (weniger Freude)
- waschen und putzen (hmm)
- Fabel-Einheit vorbereiten (naja)
- Droppie-Tag (gut!)

Frühling!
Veröffentlicht am 24. Februar von gela

Ich habe keine Ahnung, ob der Winter tatsächlich vorbei ist, aber ich möchte es gerne glauben und das ist im Moment gar nicht so schwer. Sogar in Schwann ist der Schnee nun endlich weg, es bleibt immer länger hell, es riecht endlich wieder nach etwas, man hört wieder Vögel zwitschern und ich friere nicht mehr. Ganz schön schön!
Auch schön war wieder mein gestriger Heidelberg-Besuch. Wie singt Cappuccino? „Man merkt erst was man hatte, wenn es weg ist…" Ok, anderer Zusammenhang, aber es ist schon etwas dran. So habe ich mich also an dieser schönen Stadt erfreut und ganz besonders am Wiedersehen mit Hanna und Caro (hoffentlich bald wieder!). Alles, was ich sonst so erledigen wollte, ist leider phänomenal in die Hose gegangen (Laden plötzlich weg, Artikel nicht

mehr da usw.) und dafür hab' ich ganze 6,50 Euro im Parkhaus gelassen.
Der morgige Droppie-Tag fällt nun leider doch aus. Dafür hatte ich heute einen ungemein produktiven Putztag inklusive Umtopfaktion, Entkalkungsaktion und Ähnlichem. Brot backen steht noch aus (nein, ich werde nicht zur Hausfrau!). Jetzt muss noch etwas für die Schule getan werden und dann gehört der Abend mir. Für irgendwas müssen Ferien ja gut sein.

> *caro sagte am 25. Februar um 4:14 nachmittags:*
> *Weitere Indizien: Fruchtfliegen, Lachmöwe im Prachtkleid – zwar nur eine, aber immerhin, Menschen, die wieder wie Menschen aussehen und nicht wie Michelin-Männchen und natürlich: SONNENSCHEIN!*

„Seid umschlungen, Millionen"![3]
Veröffentlicht am 25. Februar von nigela

Wir haben uns endlich wieder! Dieses Glas der weltbesten WG und den :-* der ganzen Welt! Auf die nächsten fünf Wochen und darauf, dass sie schnell vergehen!

Das nächste halbe Jahr kann kommen!
Veröffentlicht am 26. Februar von nigela

Wir haben festgestellt, dass wir viele tolle Sachen vorhaben:
- nächste Woche Palais Thermal (Therme ein paar Orte weiter)
- im März Melanies Hochzeit in Köln
- im April Urlaub in Amsterdam und Bremen

---

[3] Schiller: „An die Freude".

- im Mai/Juni La Palma (Hochzeitsreise von Nis Mama)
- im Juli Exkursion Erlebnispädagogik
- im August vier Wochen Thailand

To be continued. Echt kein Grund zur Beschwerde!

Noch 33x schlafen
Veröffentlicht am 26. Februar von nigela

Dann gibt es Ferien!

> *caro sagte am 29. Februar um 5:53 nachmittags :*
> *Neuer Frühlingsbeweis: die/der/das erste Möchtegernkapitän hat sein/ihr Boot zu Wasser gelassen. Es wird wohl zumindest nicht mehr bitterkalt.*

Grund zum Feiern!
Veröffentlicht am 29. Februar von gela

Über die Hälfte der Woche ist vorbei! Das heißt, das nächste Wochenende liegt näher als das letzte. Und die Seminartage sind überstanden. Und Ni hat ihren Unterrichtsbesuch mit Bravour gemeistert („Sie haben definitiv den richtigen Beruf gewählt!") und sogar die schreckenerregende 6. Klasse gebändigt. Und ich habe die Modenschau mit der 8. Klasse hinter mich gebracht und somit meine erste eigene Einheit beendet.

Am Montag haben wir in Schulrecht gelernt, dass wir keine Kinder würgen dürfen, keine eingezogenen Gegenstände behalten dürfen und für auf Klassenfahrten gezeugte Kinder Unterhalt zahlen müssen. Außerdem durfte ich der preisverdächtigen Leistung von Nis Gitarrengruppe lauschen. Ojeee.

Gestern waren wir in der Mittagspause „wie richtige Menschen mit einem richtigen Leben" in einem ganz tollen hübschen kleinen

Café mit dem absolut passenden Namen „Wohnzimmer". Ni hat schon sehnsüchtig nach dem „Aushilfe gesucht"-Schild geschielt. Leider endete der Tag für sie mit dem ersten Migräne-Anfall ihres Lebens. Sie tippt auf Solidarität zu mir. Oder auf Ref macht krank. Jetzt sind wir von den letzten drei Tagen entsprechend geschafft, müssen aber natürlich gleich weitermachen. Es stimmt schon, Ref ist anstrengend. Aber zumindest können wir uns – sogar trotz ländlicher Abgeschiedenheit – nicht über Langeweile beschweren. Das ist doch schon einmal ganz gut!

> *hanna sagte am 29. Februar um 7:46 nachmittags :*
> *Wow! Glückwunsch zu euren Unterrichtserfolgen. Und das Lob „Sie haben den richtigen Beruf gewählt" bekommt man ja auch nicht alle Tage. Echt toll! Freue mich für euch.*
> *PS: Gibt es Bilder von der Modenschau?* ☺
> *caro sagte am 1. März um 10:12 vormittags :*
> *Aber vorher groß rummeckern, „ich kann das nicht, ich kann nicht unterrichten." Voll gut, so ein Lob hört man doch gerne.*

Ticket in die Ferne
Veröffentlicht am 29. Februar von nigela

Wir haben einen Thailand-Flug für August gebucht, dann sind wir endlich einen ganzen Monat weeeeeit weg! Und bisher ohne Unterkunft. Aber da ist es ja warm (und nass. Aber wir haben unsere Regenoutfits bereits probegetragen.) Die Sommerferien können kommen!

Wochenenden sind immer zu kurz
Veröffentlicht am 4. März von gela

Es zeichnete sich schon am Samstag ab: Das Wochenende ist definitiv viel zu kurz! Gestern haben wir es noch genossen, uns zwischen der Unterrichtsvorbereitung ein richtig tolles Mittagsschläfchen leisten zu können und hatten abends einmal wieder jede Menge Spaß mit tollem Besuch. Und heute rannten die Stunden am Schreibtisch nur so dahin und wir haben den Strebergipfel erreicht: Wir waren tatsächlich am Sonntag in der Schule, um verschiedene Technik auszuprobieren, Arbeitsblätter zu drucken und zu kopieren und Plakate und ähnliches Gedöns für Gruppenarbeit vorzubereiten. Und der Clou daran: Wir sind nicht mit dem Auto zur Schule gefahren, nein, wir sind hingejoggt! Es ist beschlossene Sache: Ab jetzt kommen unsere Laufschuhe wieder zum Einsatz und begleiten uns in den Frühling. Zuhause wartete dann Brigitte auf uns und nun sind wir weiter fleißig. Ni übt für den morgigen Gitarrenkurs (dabei spielt sie ohnehin viel besser als das furchtbare Gruppengeklimper) und ich sitze an der Ausformulierung meines Unterrichtsentwurfes für meinen ersten Unterrichtsbesuch am Mittwoch. Es fehlt nur noch die didaktisch-methodische Analyse, aber die finde ich leider am schlimmsten. Morgen ist wieder Horrormontag (zur 1. Stunde in der Schule und gegen 20.30 Uhr wieder zuhause, also ein 13-Stunden-Tag) und auch Dienstag steht ganz im Zeichen des Seminars. Aber es gibt auch Lichtblicke, wie beispielsweise den für Donnerstag geplanten Thermenbesuch. Das Palais Thermal soll eines der schönsten Bäder Europas sein!

Ich brauche einen neuen Job!
Veröffentlicht am 6. März von ni

Einen, bei dem man *irgendwann* einmal frei hat. Richtig frei und nicht nur mehr oder weniger kurze Arbeitsunterbrechungen.

Weisheiten und Lichtblicke
Veröffentlicht am 6. März von gela

Wieder einmal haben wir die Seminartage rumgebracht. Die wöchentliche Weisheit aus dem Schulrechtskurs lautet diesmal: Es ist nicht sinnvoll, den SchülerInnen mit der Hölle zu drohen. In DaF haben wir Grammatik gelernt, statt zu lernen, wie man Grammatik lehrt. Zwischen die beiden Seminartage war für mich eine Nachtschicht am Schreibtisch geschaltet. Und morgen ist dann auch für mich der große Tag des ersten Unterrichtsbesuchs gekommen. Ich bin halbwegs vorbereitet und hoffe, dass alles einigermaßen gut geht. Wir werden sehen. Ni und ich haben allerdings festgestellt, dass wir so langsam unser Tempo drosseln sollten, weil das wahrscheinlich langfristig nicht zu halten ist. Leichter gesagt als getan. Aber nun ja, die Woche hält ja auch noch das ein oder andere nette Ereignis bereit. Und wenn es gar zu schlimm ist, denken wir an eine Schülerfabel aus der Deutschklasse einer Mitreferendarin: „In dieser Nacht schlief der Wolf sehr schlecht. Sein Schwanz steckte immer noch fest."

> *hanna sagte am 6. März um 11:54 nachmittags :*
> *Drücke dir die Daumen für den Unterrichtsbesuch! Das wird bestimmt gut!*

Es winken Belohnungen
Veröffentlicht am 7. März von ni

Gelas Unterrichtsbesuch ist vorbei und lief wie erwartet brillant, auch sie scheint ein außergewöhnliches Schauspieltalent zu besitzen oder tatsächlich den richtigen Beruf gewählt zu haben. Die Doppelstunde in der 6d habe ich für diese Woche hinter mich gebracht, sie ging wie erhofft ohne Blutvergießen zu Ende, dafür aber auch ergebnislos. Morgen gibt es ein tolles Süßigkeitenessen mit unserem netten Schulleiter, im Anschluss ein tolles Frühstück im anderen Lehrerzimmer (bei uns an der Schule gibt es davon drei) und dann fahren wir in die Therme. So lässt es sich leben!

Zu Zeiten der Digitalisierung
Veröffentlicht am 9. März von ni

Wir sind alle gut im Wochenende angekommen! Welche Spätfolgen die Kinder von meinem heutigen vierstündigen Deutschmarathon davongetragen haben, ist allerdings noch nicht ersichtlich. Ich für meinen Teil würde jedenfalls gerne in allen zukünftigen Unterrichtsstunden auf jeglichen Technikeinsatz verzichten. Meine Beziehung zur Technik ist ungefähr so wie die zum hiesigen Verkehrsverbund. Leider darf ich mich gleich am Montag wieder 45 Minuten im Computerraum mit PCs und Beamer quälen, während ich nebenbei versuche, 27 Kinder in Schach zu halten (die sich natürlich darüber lustig machen, dass Frau Schuh nicht einmal eine Kamera bedienen kann). Gela würde sagen: Wir sind hier nicht bei „wünsch dir was", sondern bei „so isses". Also Augen zu und durch. Die Erlebnisse der aktuellen Woche werden nun erst einmal in Bowle ertränkt. Alkohol als „delete-Taste". Am besten machen wir das nun jeden Freitag, nicht, dass sich zu viele Negativerlebnisse im Kopf stauen.

Schmerzende Fingerkuppen
Veröffentlicht am 12. März von ni

Heute haben wir im Rentnerkurs das F gelernt! Genaugenommen war es nur das Schummel-F (das ich übrigens genauso wenig kann wie das Erwachsenen-F). In Multimedia haben wir gar nichts gelernt (außer, dass nichts Schlimmes passiert, wenn man zum wiederholten Male die Hausaufgaben nicht hat) und bei Schulrecht bin ich mir nicht so sicher, da ich später kam und früher ging. Zur

Belohnung gibt es Tofuwürstchen mit Pommes und Superdeluxecurryketchup! WIR WISSEN DAS LEBEN ZU FEIERN!

Frühlingsboten
Veröffentlicht am 13. März von gela

Ich wäre gerne irgendwo anders als hier. Dabei ist es ja eigentlich gar nicht sooo schlimm. Die letzte Woche mit Unterrichtsbesuch war gut, die Therme war schön, unsere WG-Party hat Spaß gemacht, der schreckliche Montag ist schon überstanden und mein Dienstag ist eigentlich gar nicht schrecklich. Aber das Pensum ist schon straff, neben der normalen Vorbereitung stehen Klassenarbeiten, mündliche Noten, der nächste Unterrichtsbesuch und sogar schon die Planung der „DUE" (Dokumentation einer Unterrichtseinheit, also die 2. Examensarbeit) an. Und das alles in Hintertupfingen bei grauem Himmel … Aber wir wissen ja: „Das Leben ist kein Ponyhof" und so geht es weiter und wir freuen uns einfach aufs Wochenende, die Osterferien und all die kleinen oder großen netten Ereignisse, die so anstehen. Überall blühen Schneeglöckchen, Krokusse und Osterglocken und das Wetter soll diese Woche auch noch toll werden, also freu ich mich halt weiter auf den Frühling und denk mich zwischendurch an einen Strand unter Palmen …

So kann ich nicht arbeiten!
Veröffentlicht am 13. März von ni

Der Wille war WIRKLICH da, aber an allen Ecken und Enden legen sie einem Steine in den Streberweg. Heute im Seminar wurde ich von meinem Dozenten darauf angesprochen, wie ich mit der Literatur zu meinem Referat klargekommen wäre … Äh ja, genau. Daraufhin bin ich gleich losgezogen, um mir ebendiese zu besorgen. Station 1: Badische Landesbibliothek. Die hatte leider die gewünschte Literatur nicht. Dafür habe ich dort einen Karlsruhe- und einen Thailandreiseführer ausgeliehen. 2. Station: Seminarinterne Bibliothek. Kaum war ich 20 Sekunden drin, wurde ich mit den Worten „Wir haben bereits geschlossen" wieder nach draußen befördert. 3. Station: Hochschulbib. Die hatten dort zwar die gewünschte Literatur, ich durfte sie aber nicht mitnehmen. Wenn ich heute einen Ausweis beantrage, dauert es eine Woche bis ich einen VORLÄUFIGEN Ausweis erhalte. Sehr witzig. In einer Woche brauche ich den Ausweis halt auch nicht mehr, denn da ist das Referat schon vorbei. Da ich aber so gerne etwas von meiner To-do-Liste gestrichen hätte, habe ich mir anschließend ein Hochzeitskleid gekauft. Also nicht für meine Hochzeit, sondern für Melanies. Ich ging davon aus, die Schuhe bereits zu besitzen und dafür ein passendes Kleid zu suchen. Also habe ich blau gewählt, denn das passt ja zu braun, und habe nicht das eigentlich schönere Kleid genommen, für das ich neue schwarze Schuhe gebraucht hätte. Ich mich also totaaaal gefreut, weil endlich ein Listenpunkt abgehakt werden konnte! Eben bin ich heimgekommen und habe festgestellt, dass die 30-Euro-Schuhe nicht zum 100-Euro-Kleid passen. Brauche also neue Schuhe und hätte auch das schöne Kleid kaufen können. Aber Abendkleider sind vom Umtausch ausgeschlossen. Düdümm. Also gehe ich blau und barfuß. Und das Referat halte ich jetzt wohl über Karlsruhe oder wahlweise auch über Thailand. Bevor ich damit anfange, betrinke ich mich aber erst einmal mit der restlichen Bowle (eine nie versiegende Quelle) und bereite dann den Unterricht für morgen vor. Von der Mezzo-Mix-Katastrophe im Pädagogikkurs berichte ich, wenn etwas Gras über die Sache gewachsen ist.

> *nis mama sagte am 15. März um 12:44 nachmittags :*
> *Hallo Süße, obwohl ich zumindest das Drama mit dem Kleid*
> *vom Telefon her schon kannte, haben wir uns sehr über diesen*
> *Artikel amüsiert. Wenn gar nichts mehr geht, solltet ihr mal*

versuchen, den Blog als Taschenbuch zu veröffentlichen. Ich glaube, das käme gut an!

Abenteuer im Nordschwarzwald
Veröffentlicht am 14. März von gela

Immer ist irgendwas. Ok, der Seminardienstag ist zwar rum und wir leben noch, aber das ginge sicher auch alles ein bisschen angenehmer. Das Dauermeckerkind aus dem Pädagogikkurs hat auch diesmal wieder seine Knatschstimme erhoben, um andere Leistungen schlechtzumachen und in Fachdidaktik ging es frei nach dem Motto „Ich muss nur laut genug (also lauter als die anderen) die richtige Antwort reinschreien, dann merkt die Fachleiterin, wie toll ich bin". Uäh! Als wir dann endlich auf dem Nachhauseweg über die stockdunkle, menschenleere Landstraße zwischen Bergen und Wäldern fuhren, wurden wir mit dem nächsten Adrenalinschub des Tages beglückt: Mitten aus dem Nichts lief da plötzlich ein Mann auf der Straße, den man erst im letzten Moment gesehen hat. Zum Glück hat Ausweichen geklappt, weil ja eben sonst nichts los war. Unsere Schreie waren aber kinoreif, finde ich. Und sie waren für den Tag auch noch nicht verklungen. Zuhause wurde ich nämlich erwartet. In meinem Zimmer. Von der größten Spinne, die ich je in freier Wildbahn gesehen habe. Großer, dicker Körper und lange, dicke Beine. Ich hätte es nicht einmal für möglich gehalten, dass es so etwas hier überhaupt gibt! Leider waren weder Ni noch ich in der Lage, das Tierchen an die frische Luft zu setzen, sodass es eingesaugt werden musste. Es tut mir zwar ehrlich ganz furchtbar leid und ich versuche ja wirklich alles zu retten, was sich verirrt (eben gerade wieder vier Gregors nach draußen befördert), aber in dem Fall war das leider ausgeschlossen. Trotzdem kribbelt es mich immer noch überall.

Heute bin ich dann umsonst zwei Stunden früher als nötig in die Schule gefahren (hätte ja sonst nichts zu tun), um dort dann das totale Chaos vorzufinden, da eingebrochen und alles auseinandergenommen wurde. Meine Grammatikstunde in Spanisch war alles andere als zufriedenstellend und ich weiß noch immer nicht, was ich am Freitag mit meiner neuen Deutschklasse machen soll.

Phänomenale 26°C in Schwann
Veröffentlicht am 15. März von gela

Hach, und es wurde wirklich besser! So habe ich mir das vorgestellt! Soeben haben wir auf dem Balkon in der schönen warmen Sonne zu Mittag gegessen und mit Eisschokolade pausiert, um nun mit neuem Elan ans Werk zu gehen. Schee!
Anmerkung der Mitbewohnerin: Das mit dem Elan trifft nur bedingt zu.

„Vor uns sind Sie nirgends sicher"
Veröffentlicht am 21. März von ni

Über diese Aussage habe ich um 12.15 Uhr noch gelacht. Gegen 17 Uhr standen die ersten Schülerinnen der 6d vor unserem Haus und wollten Geld für irgendein Umweltprojekt, das sie selbst nicht kannten. An der Gegensprechanlage: „Wir sind vom Gymnasium Neuenbürg." – „Ahja. Wir auch." Etwa eine Stunde später klingelten drei Jungs der besagten Klasse, ebenfalls auf Umweltbettelgang. Sollte es mich irritieren, dass zwei davon einige Stunden zuvor noch „krank" waren? Vermutlich nicht. Denn hätte ich eine Wahl gehabt, wäre ich auch nicht zu meinem heutigen Geschichtsunterricht erschienen.
Nun zu den News der vergangenen fünf Tage: Letzte Woche in Pädagogik habe ich ja (natürlich versehentlich!) meinen MezzoMix über die Tussi neben mir gekippt. Die hat doch daraufhin tatsächlich ihre Klamotten in die Reinigung gebracht! Ich habe natürlich nicht gezahlt. Und dass ich eine Haftpflichtversicherung habe, binde ich ja nicht jedem Menschen auf die Nase.

Das Wetter verbreitet wieder Eisesslaune und Amsterdam ist endlich gebucht! Allerdings waren wir so schlau, erst zu buchen und dann die Hotelkritiken zu lesen. Wir empfehlen unseren LeserInnen die umgekehrte Reihenfolge, dann hat man immerhin noch die Möglichkeit zu entscheiden, ob man seine Nächte mit Bettwanzen in blutverschmierter Bettwäsche verbringen möchte oder doch lieber 5 Euro mehr zahlt. Wir haben auch extra ein Hostel mit Frühstück gewählt, allerdings zu spät erfahren, dass dieses lediglich aus einem Toast besteht. Der Plan, so viel zu frühstücken, dass wir uns das Mittagessen sparen können, wurde somit über den Haufen geworfen. Klarer Fall von: Düdümm.

In der Schule wird eifrig Abi geschrieben, niemand versteht den Aufsichtsplan und in die Einbruchssache kehrt langsam wieder Ruhe ein. In der Schulkunderunde gibt es morgen Schokokuchen und in der bereits mehrfach erwähnten 6d gab es heute ein gebrochenes Handgelenk. Damit es mir nicht langweilig wird, darf ich nun also auch noch auf Klassenkonferenzen rumhängen, Thema: Körperverletzung.

Gela (die eigentlich ihren Unterrichtsentwurf schreiben sollte) stöckelt durch die Wohnung und trainiert für die Hochzeit am Wochenende, die Nachbarn freuen sich und ich denke, es ist besser, mir die Bänder erst am Samstag zu reißen, dann habe ich wenigstens die Braut noch kurz gesehen und mir den Schal von Sarah nicht umsonst geliehen.

Noch 7x Schule, dann sind Ferien.

> *andre sagte am 23. März um 8:40 vormittags:*
> *Mmmmh, MezzoMix.*
> *Ich war, glaube ich, im selben Hotel in Amsterdam.*
> *caro sagte am 24. März um 7:08 nachmittags:*
> *Wie? Schon wieder Ferien?*
> *nigela sagte am 25. März um 6:22 nachmittags:*
> *Nur so lässt es sich aushalten!!!*

Chaos, Stress und Grenzerfahrung
Veröffentlicht am 28. März von gela

Eigentlich habe ich keine Zeit zum Schreiben. Ich muss diese Woche noch drei Stunden unterrichten, immer noch Klassenarbeiten korrigieren und immer noch die beiden Einheiten für die Oberstufe vorbereiten. Aber für Letzteres habe ich immerhin noch eine knappe Woche (bevor ich nach Spanien fliege und danach weiter nach Amsterdam und Bremen fahre, yeah yeah yeah!) und die drei Deutschstunden werden schon irgendwie schiefgehen. Einerseits ging die Zeit bis zu den neuen Ferien schnell herum, andrerseits wird es jetzt aber auch echt Zeit; man merkt, dass man an seine Grenzen kommt. Aber bisher klappt noch immer alles mehr oder weniger. Heute habe ich meine zweite Spanischeinheit in der 8. Klasse beendet und sie damit wieder an ihre Fachlehrerin abgegeben, was mit einem bedauernden „Ooohh..." kommentiert wurde, was natürlich schon süß ist. Im Unterrichtsbesuch letzte Woche durfte ich gleich das volle Programm zeigen: Neben dem Unterricht eine Wasserpistole abnehmen, einen Schüler umsetzen, Schweigefuchs usw. Es war trotzdem ok und so habe ich das zumindest noch vor den Ferien hinter mich bringen können, auch wenn es zunächst nicht danach aussah, weil meine Fachleiterin zu Stundenbeginn noch nicht da war und dem Sekretariat dann telefonisch mitteilte, dass sie aufgrund eines Staus später komme, was jede Menge Aufregung und Chaos zur Folge hatte, aber zum Glück umorganisiert werden konnte.
Unser Wochenendausflug zu Melanies Hochzeit nach Köln war dann doch deutlich netter als befürchtet. Es ging zwar für meinen Geschmack schon recht kitschig-pompös zur Sache, aber es gab auch nette Menschen und wirklich rührende Momente!
Ansonsten gibt es bei uns nicht viel Neues – wie auch ...?

FEEEEEEEERIIIEEEEEN!!!!!!
Veröffentlicht am 30. März von nigela

Le droit à la paresse[4]
Veröffentlicht am 3. April von ni

Große Prokrastinationskrise. Ich habe keine Lust darauf, doofen Unterricht vorzubereiten. Also beweise ich mich als Ferienprofi und liege den ganzen Tag im Bett. Manchmal auch auf dem Sofa. Im Idealfall hörbuchhörenderweise. Habe schon so viel Schokolade gegessen, dass ich zum Ausgleich nun eigentlich Chips bräuchte. Es sind aber keine Chips da und draußen regnet es. Dementsprechend sehen auch die Passfotos aus, die heute Morgen von mir gemacht wurden. Mit mehr schlecht als recht schützender Kapuze bin ich durch den Kieler Regen zum Fotodings gelaufen. Mein Plan, dort erst einmal zu trocknen und mit der extra mitgebrachten Haarbürste die schlimmste Katastrophe zu verhindern, wurde von der fotowütigen Passfotobeauftragten zunichte gemacht, die mich sofort ins Fotostudio gezerrt hat. Ich glaube, die Bilder, die die Polizei im Rahmen ihrer erkennungsdienstlichen Maßnahmen nach der Räumung der besetzten Uni von mir gemacht hat, sehen besser aus als die von heute. Dafür, dass ich eigentlich heute gar nichts machen wollte, war das schon viel zu viel. Vor allem der Text hier.

> *hanna sagte am 3. April um 4:41 nachmittags:*
> *Vielleicht darfst du das Passfoto mit dem Bullenbild austauschen. Die Nummer, die du da vor dich halten musstest, kann man bestimmt wegphotoshoppen.*

Trennungsschmerz
Veröffentlicht am 4. April von gela

Nigela sind nun schon seit Samstag getrennt – viel zu lange! Aber schon in einer Woche geht es gemeinsam nach Amsterdam, das wird ein Spaß!

---

[4] Titel eines Werkes von Paul Lafargue aus dem Jahr 1880.

Aber für mich geht es morgen erst einmal nach Spanien! Den Flug habe ich erst letzte Woche gebucht, man könnte die Aktion also als spontan bezeichnen. Entsprechend traut die Vorfreude dem Braten nicht so ganz und bricht nur manchmal kurz durch. Aber wenn wir (jap, wieder bessere Zeiten an der Wir-Front) morgen früh um 6 Uhr (!) im Flieger sitzen, gibt es wohl keine Zweifel mehr. Dann liegt auch die Unterrichtsvorbereitung für den Rest der Ferien hinter mir, wenn auch leider nicht abgeschlossen. Es zieht sich wirklich und ist mühsam und ich bin natürlich nicht annähernd so weit gekommen, wie ich müsste. Aber dann ist das eben so!

Handgepäck
Veröffentlicht am 8. April von ni

Erkenntnisse des heutigen Tages:
- Döner aus Kiel-Gaarden schmeckt nicht und liegt jetzt als Leiche im Kofferraum (InteressentInnen bitte melden, wir werfen schließlich kein Essen weg).
- Tischtennis ist ultraspannend. TT-Trainer sein noch mehr. (→ Immer dann klatschen, wenn der Trainer der gegnerischen Mannschaft nicht klatscht, dann kann gar nichts schiefgehen.)
- Einen Sonnenbrand in Kiel zu bekommen, ist möglich (auch wenn man den ganzen Tag friert!)

Es bleiben dennoch offene Fragen:
- Was passiert mit dem riesigen Ascheberg, der nach dem Osterfeuer übrig ist?
- Was verleitet fremde Menschen zu der Annahme, Christian sei schon groß?
- Welchen Zusammenhang gibt es zwischen Überschrift und heutigem Blogeintrag?

Gescheiterte Reise
Veröffentlicht am 13. April von nigela

Wir sind in Langenhain statt in Amsterdam. Frust statt Lust.

> *andre sagte am 15. April um 8:03 vormittags :*
> *Was war los?*
> *caro sagte am 15. April um 12:31 nachmittags :*
> *Genau? War das Hotel dann doch noch so abschreckend?*
> *nigela sagte am 15. April 2012 um 7:17 nachmittags :*
> *Das Hostel haben wir nie gesehen, wir sind gar nicht erst angekommen. Kamen trämpenderweise (dank megaschleichender LKW) nur bis Frankfurt, haben dort aufgegeben, den Main angestarrt und uns vorgestellt, er wäre eine Gracht in Amsterdam.*
> *andre sagte am 15. April um 9:37 nachmittags :*
> *Oh nein!*

Großartige Neuigkeit!
Veröffentlicht am 15. April von ni

Der heutige Sonntag ist eher ein Wolktag und wird nicht nur von Ekelschwarzwaldwetter überschattet, sondern vor allem von der neuen Schulwoche, die ihre gruseligen Klauen schon nach uns ausstreckt und nur darauf wartet, zuzupacken. Aber während ich halb erfroren (hier ist es schon wieder scheißkalt!) im verregneten Schwann vor mich hin prokrastinierte, in Tagträumen meinen Ferien hinterhertrauernd (buhu!), da entdeckte ich ganz zufällig auf dem Schulterminkalender den entscheidenden Vermerk: zwei Wochen Pfingstferien!!! Juhuuuuuuuuuu!!! Aus irgendeinem mir nicht bekannten Grund sind wir bisher immer von nur EINER Ferienwoche ausgegangen. Und so ganz plötzlich erwarten uns 100% mehr Ferien, wow! Bis dahin sind es nur noch 31 Schultage! Mit der Freude über die „zusätzliche" Ferienwoche überstehen wir vielleicht den bösen Montag. Bis dahin versuche ich das nächste Problem in Angriff zu nehmen: die Kälte. In meinem Zimmer geht es ja mittlerweile, mit vielen Jacken und mit Mütze lässt es sich aushalten, aber duschen wäre mal nicht schlecht. Im Bad ist allerdings die Heizung kaputt und bei den gefühlten -2°C, die dort herrschen, will ich nichts von meinen vielen Sachen ausziehen. Brrrrr. Ich muss nun herausfinden, ob die Haare auch sauber werden, wenn man beim Duschen die Mütze auflässt.

Wusstet ihr schon, ...
Veröffentlicht am 15. April von gela

... dass Hummeln gar nicht fliegen können? Die haben nämlich viel zu kleine Flügel für den dicken Körper, das geht aerodynamisch gar nicht. Und sie tun es trotzdem!!! Ich bin eine Hummel!

Kurzer Zwischenstand
Veröffentlicht am 16. April von ni

Der halbe Montag ist schon geschafft, Schule ist rumfiddibum und jetzt kommt noch der Seminarnachmittag, aber das wird ein Kinderspiel, ha! Der Verdacht auf die zweiwöchigen Pfingstferien wurde heute in der Schule mehrfach bestätigt (meist durch totale Irritation: „Hä, Pfingstferien dauerten doch schon immer zwei Wochen?!") Also, was machen wir?

> *caro sagte am 16. April um 2:09 nachmittags :*
> *Natürlich nach Heidelberg kommen! Was für eine Frage?!*
> *Und dann wird das Feuer auf der Bismarckwiese nachgeholt!*

Back in town
Veröffentlicht am 16. April von gela

Nun sind wir also wieder in Schwann und die Dinge nehmen ihren Lauf.
Die Ferien waren insgesamt schön: Manches hätte man sich gerne erspart und das verpasste Amsterdam war schon ein dicker Wermutstropfen, aber es ist ja alles gut ausgegangen und ein Zwischenstopp in Langenhain ist definitiv besser als im Sauerland verschüttet zu gehen. Spanien hat uns nach einem stürmischen Empfang doch noch einige Sonnenstrahlen und nette Begegnungen beschert und Bremen mit Go Ahead! war zwar sau anstrengend, aber auch sehr interessant, lehrreich und unterhaltsam; es wurden mehr und weniger nette neue Leute kennen gelernt und altbekannte liebe Menschen wiedergetroffen.
Nun aber gute Nacht! Ich werde mich jetzt verkabeln und inständig hoffen, dass ich heute Nacht atme, damit mich die blöde private Krankenversicherung doch noch nimmt und ich nicht an der gesetzlichen bankrottgehe.

Backwater!
Veröffentlicht am 17. April von ni

Ich bin sooo müde. Habe keine Ahnung, was der Dozent da eben 90 Minuten lang erzählt hat. Irgendwas von Bauer Hanno, Nazizeitzeugen und Canossa. Ich bin sogar zu faul, um Mittagessen zu gehen. Hoffe darauf, dass Gela früher nach Karlsruhe kommt, dann kann ich wenigstens noch etwas Lustiges machen, bevor die nächsten Kurse weitergehen. Eigentlich wollte ich in meiner Mittagspause den Unterricht für morgen vorbereiten, aber das ist ja noch unattraktiver als Mittagessen, also mache ich das entweder heute Nacht oder es gibt morgen eine Spontaninszenierung zu Bismarck. Habe mich eben für den 25. Mai beurlauben lassen, damit ich der Hochzeit meiner Mutter beiwohnen kann. Das mit dem Beurlauben ist ja so einfach! Man muss nicht einmal beweisen, dass man da einen wichtigen Termin hat, man kann alles behaupten und das wird jetzt ausgenutzt! Im Mai gibt es ja eh schon einige Feiertage, aber so zwischen die Pfingst- und Sommerferien könnte ich noch ein paar Beurlaubungen legen.

Gelas geplante Verkabelung war ein Satz mit X! Die Idioten aus der Ramschpraxis haben ihr den falschen Aufsatz mitgegeben, deshalb steht uns der eigentliche Akt noch immer bevor. Hier Nigelas kleine Statistik:

- ✓ noch 3,5 Schultage bis zum Droppiewochenende
- ✓ noch 8,5 Schultage bis zum langen Wochenende
- ✓ noch 9,5 Schultage bis zum nächsten Unterrichtsbesuch
- ✓ noch 25,5 Schultage bis zu den Ferien
- ✓ noch 2 Stunden bis zum Ende der Mittagspause

> *andre sagte am 18. April um 8:06 vormittags :*
> *Das erinnert mich irgendwie an Calvin und Hobbes: http://www.gocomics.com/calvinandhobbes/1988/04/18*

Furchtbarer Tag!
Veröffentlicht am 17. April von gela

Das Sch...-Wort benutzen wir hier ja nicht. Würde es aber treffen! Der gestrige Tag war ja schon nichts, aber es wird im Moment nur schlimmer statt besser. Alles geht schief, ich verschwende andauernd meine Zeit und das sauer verdiente Geld rinnt mir durch die Finger, ohne dass ich etwas dagegen tun könnte. Wenn ich es wenigstens auf den Kopf gehauen hätte, dann wüsste ich, wofür es war (ok, Spanien zählt dazu), aber von umsonst verfahrenem Benzin (+ Parkgebühren), unnötiger gesetzlicher Krankenversicherung und nicht in Anspruch genommenen Hostel-Zimmern habe ich nichts und trotzdem räumen sie mein Konto leer. Unterricht ist natürlich auch nicht vorbereitet. Wie auch, wenn ich zwei ganze

Tage damit verbringe, umsonst zum Arzt zu fahren und dort Stunden zu warten und dann meine Zeit im Seminar zu verplempern, wo ich gestern in Bezug auf Funktionsträger in der Schule gelernt habe: Der Hausmeister trägt Pakete, aber keine Funktion!

Na, ganz so furchtbar auch wieder nicht!
Veröffentlicht am 17. April von ni

Immerhin scheint die Sonne! Und das ist bei den miesen Wetterverhältnissen hier echt ein Highlight! Ich habe die Mittagspause dazu genutzt, das Geburtshaus meiner Oma in Karlsruhe aufzusuchen. Wir haben die Adresse neulich zufällig in einem alten Dokument hinter dem Schrank gefunden. Die gesamte Straße ist momentan leider eine einzige Baustelle, mehrere Häuser wurden abgerissen und fast die komplette Straße ist aufgerissen, keine Ahnung, was dort gemacht wird, es sieht auf jeden Fall nach einer größeren Sache aus. Aber ich hatte Glück! Das Haus war zwischen den vielen „neuen" Plattenbauten eines mit Vorkriegscharakter und könnte tatsächlich noch das Original-Oma-Geburtshaus sein.
Ich weiß nicht, wie es passieren konnte, aber ich habe eben tatsächlich den Unterricht für morgen vorbereitet, er wird superstressig! Drei Blöcke in 45 Minuten. 1. Die Soziale Frage abschließen, 2. die Deutsche Revolution wiederholen, 3. mit dem Thema Bismarck und dem Weg zum Kaiserreich beginnen. Vermutlich habe ich morgen sogar Zeit, den Unterricht für Donnerstag vorzubereiten. Mensch, ich bin so organisiert! Das kommt allerdings daher, dass ich meine drei Freistunden nicht wie ursprünglich geplant auf dem Bürgeramt verbringen kann. Das hat nämlich mittwochs geschlossen. Wer denkt sich eigentlich diese beschissenen Öffnungszeiten aus? Nun habe ich ja eigentlich einen Job, der es erlaubt, tagsüber bei so einem Amt anzutanzen. Aber nicht, wenn es um 12 Uhr schließt! Dienstags hat es zwar bis 18.30 Uhr geöffnet, das bringt mir aber nichts, wenn ich um 20 Uhr nach Hause komme. Ich hatte deshalb alles auf die drei Freistunden am Mittwoch gesetzt.

Ich laufe also weiterhin ohne gültigen Perso und Reisepass herum und kann mich nicht ausweisen. Hui, in acht Minuten steht Heimfahren auf dem Programm.
PS: Es wird Frühling in Karlsruhe.

> *caro sagte am 18. April um 11:41 vormittags:*
> *Die bauen da wohl den Tunnel für die Straßenbahn. Jaaa, in Karlsruhe wird nicht nur der Hauptbahnhof tiefer gelegt, das kann ja jede Stadt. Nee, hier muss es die ganze Straßenbahn sein!*

So viel zum Thema ...
Veröffentlicht am 18. April von gela

... „gar nicht so furchtbar".
Nachdem ich eine bescheidene Nacht mit dem ekligen, stinkenden Verkabelungsgerät verbracht hatte, bin ich heute Morgen um 5.20 Uhr aufgestanden, um denen das Ding noch vor der 1. Stunde zurückzubringen und danach in die Schule zu hetzen. Aber immerhin hat es sich gelohnt: Die Anzahl der Atemaussetzer ist nicht behandlungsbedürftig! Yippie ya yeah! Jetzt muss sich die Krankenkasse einen anderen Grund suchen, um mich abzulehnen! Ich hoffe sehr, dass das nun alles bald klappt.
Außerdem ist zumindest der Unterricht für morgen fast fertig vorbereitet. Neue Klasse (10), neues Thema („Das Parfum"). Ich bin total gespannt, huiui. Gut, der Rest der Einheiten existiert immer noch kaum in meinem Kopf, ganz zu schweigen von dem Referat, von dem man mir gestern eröffnet hat, dass ich es nächsten Dienstag halten muss. Aber man arbeitet sich ja schrittweise voran.
Auf zum Endspurt für heute! Freue mich schon so auf eine freie Nacht ohne Ekel-Gerät und Atem-Sorgen in frischem ekelbefreitem Bettzeug! Wir stellen es immer wieder fest: Die Ansprüche sinken. Und apropos: Der Wahnsinn ...

Live
Veröffentlicht am 19. April von nigela

Gela: „Mir ist so schlecht."
Ni: „Ich habe so Kopfschmerzen."
Gela: „Zusammen haben wir Migräne."

> *caro sagte am 20. April um 9:22 vormittags :*
> *Und mit meinem Halsweh und Kopfweh ergibt es eine satte Grippe* ☺

„I'm cold and I'm ashamed bound and broken on the floor"[5]
Veröffentlicht am 21. April von ni

Gutes Lied. Miesestes Wetter. Nicht einmal Droppie will raus. Noch keine einzige Stunde für die kommende Woche vorbereitet, dafür heute schon gefrühstückt UND zu Mittag gegessen (dieser Eintrag ist um 10 Uhr morgens entstanden).
Es gibt neue Pfannkuchenhausalternativpläne: Ich werde Au-pair! Man kriegt Essen, Trinken, ein Zimmer und Geld! Und man ist in einem anderen Land, von dem man zwar nichts sieht, weil man so gut wie nie frei hat, aber es ist weit weg vom Schwarzwald! Und wenn ich zurückkomme, trete ich aus der Wirkönnennixfraktion aus, denn dann kann ich ja eine Fremdsprache! Juhu! Anschließend können wir etwas gegen die Tatsache tun, dass es in Bayern und Baden-Württemberg keine einzige Kommune gibt! Und wir werden die bunteste und beste überhaupt sein! Nur tolle nette Menschen, Droppie und vielleicht ein paar Hühner und Ziegen. Drei (bisher noch ungeborene) Kinder haben wir ja schon in unserer Truppe und bis dahin sind es vielleicht noch ein paar mehr. Das wird lustig! Und dann spielen wir den ganzen Tag Poi und Gitarre und singen und sonnen uns und spielen Tischkicker und trinken

---

[5] Natalie Imbruglia: „Torn".

Tee und leben vom Containern und von dem Ziegenkäse und der Milch, die wir selbst herstellen, und im Sommer verkaufen wir selbstgemachtes Eis. Am besten bauen wir noch ein paar Tomaten und so an, für die abwechslungsreiche Ernährung. Und im Winter sitzen wir im Kuschelknäuel vor unserem Kamin, spielen immer noch Gitarre, braten Bratäpfel (wir haben natürlich auch mindestens einen Apfelbaum) und zwischendurch gehen wir Schlittenfahren! Ich wünschte, es wäre schon so weit. Seht mal zu, dass ihr schnell eure Schule, euer Studium, eure Promotion und euer (*hust*) Ref hinter euch bringt und dann sprechen wir uns wieder! Wer ist dabei?

> *caro sagte am 21. April um 4:33 nachmittags :*
> *Ich bin dabei! Wo steht dieses verwunschene Haus?*
> *ni sagte am 21. April um 4:58 nachmittags :*
> *Wann? Also wie lange muss ich die Zeit noch mit Ref und als Au-pair verplempern? Wo das Haus steht, müssen wir erst herausfinden und es dann schnell besetzen.*
> *sarah sagte am 21. April um 5:07 nachmittags :*
> *18 Uhr und immer noch keine Stunde für nächste Woche vorbereitet und auch schon alle Mahlzeiten für morgen eingenommen – schlimmer geht immer!!!*
> *nigela sagte am 21. April um 5:10 nachmittags :*
> *Schlimm, schlimmer, Sarah.*

Ein Hoch auf die Vergesslichkeit
Veröffentlicht am 22. April von ni

Ich wollte nach meinem gestrigen Trödeltag heute WIRKLICH fleißig sein. Sitze ja aber noch immer in Langenhain und habe alle Sachen, die ich zum Fleißigsein benötige, zu Hause vergessen. Düdümm. Also wird im Unterricht improvisiert.
Ich fühle mich immer noch krank. Die vielen heißen Zitronen und der Tee dazwischen haben außer minütlichen Klogängen bisher

keine Auswirkungen gezeigt. Schade. Kontraproduktiv wirken sich vielleicht auch meine Droppiespaziergänge aus, bei denen ich regelmäßig bis auf die Haut durchnässt zurückkehre. Die kleine Droppie muss heute aber schon nicht mehr so viel niesen wie gestern, wir bleiben optimistisch! So und jetzt bloß nicht den Sonntag von den Gedanken an den Montag vermiesen lassen!
PS: Zurück zur Kommunen-Idee: Caro und ich haben schon an Silvester angefangen, nach Häusern zu suchen. Falls das mit dem Besetzen nicht klappt, könnten wir vielleicht alle HartzIV beantragen und mit Wohnberechtigungsschein was mieten. Für das legale Erstehen einer Immobilie reichen unsere Ersparnisse nicht. Und bevor wir 20 Jahre lang ein Haus abbezahlen, ist mieten vielleicht doch geschickter. Schnell her mit den Ideen und Vorschlägen!

> *caro sagte am 23. April um 10:36 vormittags :*
> *Selber bauen! Wir mähen bei euch im Wald einfach ein paar Bäume um – merkt ja keineR, es gibt ja genug von denen drum rum – und bauen uns die Villa selbst. Und sobald wir Geld haben, ersetzen wir die Bäume durch Steine und so wird mit der Zeit eine richtige Steinvilla draus. Oder eineR von uns opfert sich und angelt sich doch noch einen alten reichen, öhm, Menschen und der schenkt uns sein Anwesen. Oder wir besetzen den Bauernhof von Nis Papa. Oder wir klauen ein Schiff und machen uns eine schwimmende Villa ...*
> *ni sagte am 23. April um 8:13 nachmittags :*
> *Neeeee Carochen, wir bleiben doch nicht hier im schwarzen Schwarzwald! Lieber irgendwo dorthin, wo auch hin und wieder einmal die Sonne scheint. Aber selbst bauen ist gut. Gela kann das, glaube ich. Der Ort findet sich.*

Wir genießen jede Minute!
Veröffentlicht am 23. April von ni

„Genuss ist die Bezeichnung für eine positive Sinnesempfindung, die mit körperlichem und/oder geistigem Wohlbehagen verbunden ist." Quelle: Wikipedia.

Klingt komisch, ist aber unsere neue Strategie! Wir wollen uns nicht immer von Wochenende zu Wochenende und von Ferien zu Ferien hangeln müssen, sondern vor allem auch die einzigartige Zeit in der Mitte mit ihren vielen großen und kleinen Vorkommnissen und Überraschungen schätzen lernen! Heute war Tag eins der neuen Strategie. Mit Husten, Kopf- und Gliederschmerzen ist das Genießen der Arbeit zwar eine ganz besondere Herausforderung, aber wer sollte sie meistern, wenn nicht wir? Besonders spannend wird es in solchen Momenten, in denen einen die Stimme komplett verlässt und man die Deutschstunde vorzeitig beenden muss, weil man nicht mehr in der Lage ist, zu unterrichten. Selbst in solch kleinen Unpässlichkeiten steckt viel Positives. 18 glückliche ElftklässlerInnen zum Beispiel. Ansonsten gab es heute noch eine Menge weiterer Freugründe: Ich jedenfalls freue mich, wenn ich pünktlich im Seminar bin und ausnahmsweise einmal den Arbeitsauftrag mitbekomme und freue mich aber auch, wenn ich zu spät bin und der Kurs dann schneller vorbei ist. Ich freue mich über die dummen Leute, weil ich mich dann selbst besser fühle und ich freue mich über die weniger dummen Leute, weil hin und wieder nette Unterhaltungen rausspringen. Ich freue mich, wenn ich laufen muss, weil es dann so gut nach Frühling riecht und ich freue mich, wenn Gela mich im Auto mitnimmt, weil ich dann faul sein kann. Ich freue mich über Leute, die mir Teile ihrer Zeitung schenken, über andere, die mit mir Eisessen gehen und darüber, dass ich beim Schwarzfahren nicht erwischt werde. Genaugenommen freue ich mich darüber, dass überhaupt Bahnen fahren. Von meiner gestrigen Erfahrung weiß ich: Es geht auch anders. Aber da habe ich mich dann darüber freuen können, dass ich überhaupt noch vor Mitternacht angekommen bin, was uns zur Freude über meine Gela führt, die mich in der Pampa aufgepickt hat. Die Heiserkeit ist zwar ärgerlich, aber viel besser als Schnupfen und immerhin kann man sich darüber freuen, wie sehr Eukalyptusbonbons helfen. Ich freue mich auch, wenn ich meine Handy-PIN dreimal falsch eingebe, weil dann mein Handy gesperrt wird und ich Geld spare, weil ich vom SMS-Schreiben abgehalten werde, bis ich abends nach Hause komme und die legendäre Superpin nachschlagen kann. Mit so vielen kleinen und großen Freuden erreichen wir doch ganz easybeasy das lange Wochenende! Ach Mist, da ist sie schon wieder, die alte Schiene ...

Im Süden nichts Neues
Veröffentlicht am 25. April von gela

Außer vielleicht, dass nun auch meine erste Kuba-Doppelstunde in der 11. rum ist und ich wider Erwarten noch lebe. Hilfreich wäre, den Tagen mehr Stunden zu geben! Aber immerhin steht ja das lange Wochenende vor der Tür. Da ist dann genug Zeit zum Arbeiten, höhö ... Aber nein, wir sind wild entschlossen, es uns nett zu machen! Das wird super! Und danach geht es uns großartig, weil wir stolz sind, dass wir ganz viel geschafft haben und trotzdem werden wir erholt sein und sogar bleiben, weil wir schon ganz viel vorgearbeitet haben. Die Hoffnung stirbt bekanntlich zuletzt.

Ich will mein altes Leben zurück!!!
Veröffentlicht am 28. April von ni

Und ich muss diesen furchtbaren Job loswerden, aaaaaargh. Meine Mutter macht sich schon lustig darüber, dass sie mich, seit wir hierher gezogen sind, IMMER erreichen kann. Als ich in Heidelberg gewohnt habe, konnte sie bestenfalls mit meinen Mitbewohnerinnen telefonieren, aber hier besteht mein Leben ja nur aus Schule und Unterrichtsvorbereitung. Ich würde jetzt so gerne wegfahren, aber ich kann nicht, weil ich doofe Schulsachen erledigen muss. Noch 14 Monate bis zum Auszug. Ganz schön lange. Aber bald sind schon Sommerferien und nach den Sommerferien sind es dann nur noch 11 Monate. WIR SCHAFFEN DAS! Warum vergeht die Zeit am Wochenende eigentlich immer so schnell? Habe heute gerade einmal gefrühstückt und kurz Gitarre geklimpert und schon ist es 17 Uhr! Irgendetwas stimmt doch da nicht. Leider habe ich immer noch keine Idee, was ich am Mittwoch beim Unterrichtsbesuch präsentieren soll. Und ich habe auch keine Lust, darüber nachzudenken. Ich wünschte, es wäre schon vorbei, hex hex! Ich soll problematisieren. Ich kann Problemen aus dem Weg gehen, aber nicht problematisieren! Am Freitag haben Nigela ihre erste Aufsichtsschicht bei ihrer ersten Mittelstufenparty. Motto ist „Back to the jungle". Vielleicht gehen wir im Josephine-Baker-Kostüm. Das wird super. Kindern Alkohol wegnehmen, Kindern Zigaretten wegnehmen, Kindern andere Drogen wegnehmen und ansonsten so tun, als wären wir gar nicht da. Wenn wir dort viel konfiszieren können, vielleicht lohnt sich dann das Geschäft. Wir werden das Zeug teuer im Schwanner Untergrund verticken.

Party in Schwann!
Veröffentlicht am 29. April von ni

Leider zum falschen Zeitpunkt. Heute Morgen schon gab es Live-Musik im Zauberberg, dem Restaurant bei uns um die Ecke, und jetzt geht die Party in unmittelbarer Supermarkt-Umgebung weiter! Doof nur, dass ich heute noch einen fünfseitigen Unterrichtsentwurf schreiben muss und trotz des geschlossenen Fensters den Eindruck habe, als stünde mein Schreibtisch mitten auf dem Festplatz. Umta-umta-umtata. Ich wollte vorhin meinem Besuch die kleinen Babyhasen in der Nachbarschaft zeigen, aber die haben sich natürlich auch versteckt. Dafür hat die Schwanner Warte[6]

---

[6] Aussichtsturm oberhalb Schwanns, 475 Meter über Meereshöhe.

wieder geöffnet, olé! Die mysteriöse Ruine haben wir auch diesmal nicht gefunden und die Arnbacher Hütte[7] befindet sich wohl noch im Winterschlaf und ist genauso verschlossen wie eh und je. Mein Kopf ist Matsch und tut wetterbedingt weh. Ist doch schön, wenn man weiß, woher es kommt. So, das war es auch schon für heute, ich muss jetzt schnell ganz fleißig sein, damit ich morgen nach Heidelberg fahren kann!

Wunderschönes Maifeiern
Veröffentlicht am 1. Mai von ni

Egal was passiert, egal ob wir nächstes Jahr noch im Ref sind oder nicht, egal wo wir wohnen, am 1. Mai ist Heidelberg ein MUSS! Ich bereue es überhaupt nicht, unvorbereitet zu sein (mal ehrlich: Hätte ich mich am Wochenende mit dem Kram intensiv auseinandergesetzt, wäre zu 99% auch nicht mehr dabei rumgekommen) und ich bereue es schon gar nicht, unerholt zu sein! Wer nach dem Wochenende erholt zur Arbeit kommt, hatte kein gutes Wochenende! Die viel zu teure Fahrt nach Heidelberg hat sich allein schon wegen der veganen Burger und der vielen lieben Menschen gelohnt. Ausgesprochen inspirierend waren die alternativen Berufsvorschläge, die mir unterbreitet wurden. Besonders reizt mich ja der Beruf der Abmahnanwältin, vorstellen könnte ich mir aber auch die Arbeit auf der Hanffarm.
Auch wenn diesmal zu Mitternacht niemand eine Flagge mitgeschleppt hat, Trompete, Gitarre und mehrere Ermahnungen seitens des „Chorleiters" konnten unser Gegröle beim diesjährigen Mai-Ansingen doch noch zu einem besonderen (sogar zweistimmigen!) Moment machen. Der verflixte Resolutionsohrwurm wird mich allerdings wohl noch mindestens bis Freitag durch den Schulalltag begleiten:

---

[7] Grillhütte im Neuenbürger Wald.

„In Erwägung, dass wir der Regierung, was auch immer sie verspricht, nicht trau'n, haben wir beschlossen, unter eig'ner Führung, uns nunmehr ein gutes Leben aufzubau'n."[8] *schiefsing*
Auch nach dem Unterrichtsbesuch am Donnerstag bleibt es spannend, wenn wir die Frage lüften können: Was machen Teenies ohne Kippen und Alkohol auf einer Mittelstufenparty?!
Bis dahin dürfen sich vor allem jene, die der Meinung sind, wir würden nicht arbeiten, einmal Marian Schäfers Spiegelonline-Artikel „Junglehrer: Ausgebrannt, bevor es losgeht"[9] vom 30.04.2012 vornehmen. Besonders treffend finde ich die Umschreibung: „Gesellschaftlich akzeptierte Traumatisierung junger Akademiker"... Wir befinden uns mittendrin!

Wer liest eigentlich unseren Blog?
Veröffentlicht am 2. Mai von nigela

Los, outet euch!

> *sarah sagte am 2. Mai um 9:35 nachmittags :*
> *Ich! Alle zehn Minuten, wenn ich Unterricht vorbereite!*
> *caro sagte am 3. Mai um 9:59 vormittags :*
> *Bei der Frage singen ein paar Hyänen in meinem Kopf: niemand, niemand tralalala ...*
> *christian sagte am 3. Mai um 11:59 nachmittags :*
> *Wenn er nicht gerade in Sverige ist.*
> *andre sagte am 4. Mai um 7:41 vormittags :*
> *Ich lese das nicht ... ich atme es ein.*
> *nis mama sagte am 11. Mai um 7:01 nachmittags :*
> *Ich natürlich immer!*

---

[8] Dritte Wahl: „Resolution der Kommunarden".
[9] Hier zu finden: http://www.spiegel.de/lebenundlernen/job/verkuerztes-referendariat-angehende-lehrer-leiden-unter-stress-a-826861.html.

Übrigens ...
Veröffentlicht am 6. Mai von gela

... hat man uns auf der Gästeliste von Melanies und Bastians Hochzeit wohlweislich den gleichen Nachnamen gegeben. Ni hat den von Gela angenommen.

> *ni sagte am 6. Mai um 9:31 vormittags :*
>> *Endlich ist es offiziell!*
>
> *caro sagte am 6. Mai um 6:10 nachmittags :*
>> *Wie? Ihr habt schon längst klammheimlich geheiratet? Und uns nichts davon erzählen! Jetzt bin ich schon ein bisschen beleidigt. Aber herzlichen Glückwunsch nachträglich!*

Zur aktuellen Unterrichtssituation in Klasse 11
Veröffentlicht am 6. Mai von ni

„Sonette find ich sowas von beschissen,
so eng, rigide, irgendwie nicht gut;
es macht mich ehrlich richtig krank zu wissen,
daß wer Sonette schreibt, daß wer den Mut
hat, heute noch so'n dumpfen Scheiß zu bauen,
allein der Fakt, daß so ein Typ das tut,
kann mir in echt den ganzen Tag versauen.
Ich hab da eine Sperre. Und die Wut
darüber, daß so'n abgefuckter Kacker
mich mittels seiner Wichserein blockiert,
schafft in mir Aggressionen auf den Macker.
Ich tick nicht, was das Arschloch motiviert.
Ich tick es echt nicht. Und wills echt nicht wissen:
Ich find Sonette unheimlich beschissen."[10]

---

[10] Robert Gernhardt: „Materialien zu einer Kritik der bekanntesten Gedichtform italienischen Ursprungs".

> *caro sagte am 6. Mai um 6:13 nachmittags :*
> *Ich mag das Gedicht, allein wegen der enorm hohen Anzahl an „ß"! Ein viel zu selten genutzter Buchstabe, dabei gibt es ihn mittlerweile sogar in groß! Wunderbar. Man ßollte alleß mit „ß" (Dreierleß-ß, wie der ßchwabe ßagt) ßchreiben, oh wie ßchön wäre daß!?*

Es könnte alles so einfach sein!

Veröffentlicht am 7. Mai von ni

Ist es aber nicht! Und das nur, weil ich versuche, die nächste Deutschstunde tamtammäßig vorzubereiten. Man will ja was bieten. Unglaublich, dass wir den Montag überstanden haben! Davon war ich heute Morgen um 5 Uhr noch nicht überzeugt. Aber bis kurz vor 7 Uhr war ich geduscht, der Unterricht war fertig vorbereitet und es war sogar noch ein Frühstück drin! Top Organisation! Heute in Multimedia haben wir etwas Witziges gemacht! Mit dem Teamviewer auf die PCs anderer Leute zugreifen, spooooky!
Die Mittelstufenparty am Freitag entpuppte sich erfreulicherweise als Unterstufenparty – sehr niedlich! Die Kids hier auf dem Land können tatsächlich ohne Drogen feiern! Wobei ein Mädchen plötzlich ganz übel anfing zu kotzen und wir uns bis heute fragen, wovon. Man kann seine Augen ja auch nicht überall haben.

Wat mutt, dat mutt
Veröffentlicht am 13. Mai von gela

Ihr hört nichts von uns, weil es nichts zu erzählen gibt. Alles läuft so vor sich hin, alle aktuellen Unterrichtsbesuche sind vorbei (nun stehen Schulleiterbesuche an) und alle Beteiligten leben noch. Da das aber ein ziemlicher Kraftakt war, war nebenher keine Zeit, um lustige Sachen zu erleben, die wir hier posten könnten. Das Wochenende fand ich schön, endlich etwas lang ersehnte Erholung, aber nun sitzen wir schon wieder an der Unterrichtsvorbereitung. Außerdem muss ich übermorgen in Pädagogik ein Referat über Zeitmanagement halten. Da bin ich ja Expertin, höhö. Aber die Woche hat einen Feiertag für uns! Und heute in zwei Wochen geht es nach La Palma! Und wenn wir dann in drei Wochen wiederkommen, geht es für mich wenige Stunden später weiter nach Málaga. Weil es ja nichts zu tun gibt und der Jackpot so üppig war. Aber egal, wozu sind Ferien denn bitte da? Also auf ein Neues: Hallo Woche!

Aus gegebenem Anlass
Veröffentlicht am 14. Mai von ni

Aargh, ich sollte aufhören, Nachrichten zu lesen, dabei rege ich mich immer so auf! Der Umweltaktivist Paul Watson wurde festgenommen! Warum sperrt man Leute weg, die versuchen, diese verkommene Welt zu verbessern? Wenn ich nicht diesen stumpfsinnigen Unterricht vorbereiten müsste, würde ich mich jetzt mit einem Transpi vor den Frankfurter Knast stellen: „1, 2, 3 lasst den Watson frei!" (oder so ähnlich). Es ist einfach nicht zu fassen. Da gibt es 100 000 PolitikerInnen, DiktatorInnen und andere kranke Leute, die man gerne hinter Gittern sehen würde, und dann sperren sie so jemanden weg. Tz. In dieser Welt kann man nur verzweifeln oder resigniert den Kopf unter die Bettdecke stecken und versuchen, so wenig wie möglich von da draußen mitzubekommen.

> *hanna sagte am 16. Mai um 1:42 nachmittags :*
> *Eine Mini-Kleinigkeit, die man machen kann, ist eine Protestmail zu schicken. Dazu ruft Sea Shepherd Deutschland auf: http://www.seashepherd.de/news-and-media/news-120 515-1.html Dauert nur ein paar Minuten und wer weiß, wenn ganz viele Leute Interesse an dem Fall bekunden,*

macht das eventuell Eindruck auf diese Justizfrau. Echt unglaublich das Ganze!!

Shoppingopfer
Veröffentlicht am 15. Mai von nigela

Nigela waren heute beim Männer-H&M shoppen. Die haben nämlich viel kuhlere Klamotten als die anderen H&Ms. Erschreckend waren aber die Einkäufer. KEINER war ohne Frau am Start. Können Männer denn nicht alleine Klamotten kaufen? Oder dürfen sie nicht? In jeder Kabine war ein Mann drin und eine Frau davor. Die Frau davor hat permanent neue Klamotten herbeigeschleppt und sie dem jeweiligen Mann aufgedrängt. Der hingegen hat sich zu keiner Klamotte geäußert, alles noch so Hässliche angezogen und immer nur fragend die Frau angeguckt. Was ist los mit euch Männern? Habt ihr keinen eigenen Willen?! MACHT KAPUTT, WAS EUCH KAPUTT MACHT! Oder gebt wenigstens ein klein wenig Kontra, wenn frau versucht, euch eine hässliche blaue Strickjacke anzudrehen.

Hallo, Welt!
Veröffentlicht am 19. Mai von ni

Ich habe dich heute beim Segelfliegen von oben gesehen! Also ich und der andere, wobei Gela nicht der andere ist. (Der andere kriegt gerade diktiert. Anmerkung des anderen, also Christian.)

Perso statt Rafik
Veröffentlicht am 21. Mai von ni

Der Montag ist geschafft und meine Woche hat nur noch drei Tage! Der geplante Rafik Schami-Abend musste aus Geldgründen leider ausfallen, weil ich die 10 Euro für einen vorläufigen Perso brauche. Die Trottel vom Bürgeramt werden nicht rechtzeitig mit meinem eigentlichen Ausweis fertig und den brauche ich ja, um am Wochenende nach La Palma fliegen zu können. Deshalb muss ich jetzt noch einmal dahin und noch einmal zahlen.

Dinge, die ich heute gelernt habe:

- Köpfe von Strichmännchen grün färben (Multimedia).
- Wenn ich sieben Doppelstunden Sport im Halbjahr unterrichtet habe und ein Schüler war siebenmal unentschuldigt nicht da, darf ich das nicht mit 0 Punkten bewerten (Schulrecht).

Ich hätte noch freie Kapazität für Sinnvolles. Aber man will uns offenbar nichts beibringen!

Montag überstanden
Veröffentlicht am 22. Mai von gela

Auch ich bin mehr als froh, dass zumindest der Montag schon einmal vorbei ist. Und ich habe in Schulrecht sogar wieder etwas gelernt: Schule ist eine basisdemokratische Einrichtung mit direktorialer Leitung! Na dann. In Multimedia durfte ich genau wie Ni Kreise malen – welch ein Spaß!

Leider ist meine Woche noch etwas länger und voller und meine Begeisterung hält sich in Grenzen. Aber bald ist es geschafft und dann geht es in den Urlaub! Nun aber erst einmal in einen neuen 14-Stunden-Tag mit Schule, Seminar und Sondersitzung. Da soll mir noch einmal jemand sagen, wir seien faul!

Man muss Prioritäten setzen
Veröffentlicht am 22. Mai von ni

Wow, wisst ihr was?! Wir haben den ersten Ausbildungsabschnitt so gut wie überstanden! Nur noch fünf Wochen Unterricht und ein Tutorbesuch und dann ist es rumfiddibumm! Dann sind wir allein mit Eltern und Kindern, dann geht es erst so richtig rund! Und dann ist die DUE auch schon bald geschrieben, dann ist Silvester, dann kommen die neuen Reffis (dann sind wir die „Großen") und dann sind wir F-R-E-I und arbeitslos und dürfen wegziehen aus dem Pampakaff! Fettfettfett. Wobei ich ja gerade anfange, Gefallen an der vielen Natur zu finden. So richtig bewusst wurde mir das Ausmaß ja erst, als ich es am Wochenende von oben gesehen habe und einfach überall Wald war! Wenn man so eine Krücke ist wie ich, kommt man da zu Fuß natürlich nicht weit, deshalb habe ich gleich einmal nach einer Reitbeteiligung geschaut und prompt eine gefunden. Leider will die mehr Geld und Einsatz als mir lieb ist, ich weiß deshalb noch nicht, was daraus wird, die Entscheidung fällt am Donnerstag.
Heute habe ich eine neue Sonnenbrille gekauft, ich muss ja ausgestattet sein für meine vielen anstehenden Urlaube. Und sie sieht sooo doof aus! Ich muss immer lachen, wenn ich mich damit im Spiegel sehe, aber sie passt irgendwie zur neuen Sommerfrisur (die habe ich auch seit heute, mir war so warm im Seminar und hinterher kamen die Haare ab).
Morgen habe ich den ersten Thailandvorbereitungsarzttermin. Mal schauen, wie viele Impfungen so auf einmal möglich sind.
Arbeiten tue ich eigentlich nicht mehr viel. Koordiniere in erster Linie mein Ferienprogramm und freue mich schon riesig auf das kanarische Reiten und Wandern, auf das anschließende Wiedersehen mit den Abileuten, auf den Besuch bei meiner ehemaligen Deutschlehrerin, auf sämtliche Frühstücke, auf das Segeln in Kiel und auf die Karussells im Heidepark! Leider sind die Ferien so kurz und das Geld zu knapp, um alles zu machen, was ich gerne machen würde. Die Folge meines ökonomischen Denkens ist, dass

wohl nichts aus meinem Campuscampbesuch (Zelten auf dem Heidelberger Campus, mit diversen Vorträgen und Workshops) wird dieses Jahr.

Hex hex!
Veröffentlicht am 23. Mai von gela

Wer hätte gedacht, dass es so kurz vor den Ferien noch einmal so ätzend wird. Von gestern will ich gar nicht erst erzählen, sonst brauche ich gleich wieder einen Kräutertee. Jetzt drücke ich mich gerade verzweifelt vor der letzten Stundenvorbereitung vor den Ferien. Es klappt einfach nicht. Aber es gibt auch eine großartige Neuigkeit: Ab 1.8. bin ich endlich richtig versichert! Ich darf gar nicht daran denken, wie viel Geld ich bis dahin aus dem Fenster geworfen habe (das tut wirklich weh!), aber immerhin ist es nun geschafft! Die zwei Schultage überstehe ich hoffentlich auch noch und am Freitag werden dann eeendlich die Ferien begrüßt, yippie!

Vitaler Nebel mit Sinn ist im Leben relativ
Veröffentlicht am 24. Mai von ni

Sprache ist toll! Von vorne und von hinten. Ich mag Palindrome! Trug Tim eine so helle Hose nie mit Gurt?

Wir mögen Ferien!
Veröffentlicht am 6. Juni von nigela

> *marek sagte am 7. Juni um 11:56 nachmittags :*
> *Ich mag Ferien auch! Und vor allem mit zwei so lustigen jungen Damen! Man sieht sich.*

Oh, wir sind Damen
Veröffentlicht am 9. Juni von gela

Danke, der Herr!
Alle mögen Ferien. Aber keiner mag es, wenn sie zu Ende sind. Jedenfalls sind wir (Nigela) auf La Palma gewandert (1250m hoch, dann wieder 600m runter: Vulkantour, Horror in Hitze ohne Wasser), haben einen Wal und eine Schildkröte gesehen, im schwarzen Sand gelegen, uns über Sonnenuntergänge und unser schönes Bad gefreut, lustige bunte Getränke getrunken und uns den Garten mit hunderten von Salamandern geteilt.
In Marbella waren wir (Gela +1) viel am Strand, waren auf der Feria und in Tanger/Marokko.
Jetzt bin ich leider schon wieder in Schwann und es fühlt sich noch nicht wirklich gut an. Den heutigen Tag habe ich mit auspacken, Wäsche waschen, aufräumen, einkaufen und schlafen verbracht. Morgen muss dann produktiv werden – ich habe noch keine Ahnung, was ich nächste Woche unterrichte. Ich muss aber gestehen, dass sich auch der Schwanner Sonnenuntergang gerade durchaus beeindruckend gezeigt hat. Und es gibt Grund zur Freude: Wir haben nur noch viereinhalb Wochen Schule! Es steht zwar noch Einiges an, aber es ist trotzdem machbar! In drei Wochen werden wir schon offiziell zum selbstständigen Unterricht zugelassen (hoffe ich doch zumindest). Dann folgen drei Tage Exkursion (Hochseilgarten und Kanu fahren) und dann nur noch eine Kompaktwoche am Seminar und drei Pseudo-Schultage vor den Ferien. Übernächste Woche bringe ich schon mein Ausbildungsgespräch hinter mich, wir haben nur noch dreimal Multimedia, bevor wir unser Zertifikat als Multimediaberaterinnen bekommen (haha!) und ich habe nur noch dreimal DaF, bevor wir die Prüfung haben und ich hoffentlich meinen DaF-Schein bekomme. Dann sind es schon jeden Montag zwei Kurse weniger, yippie! Und dann geht es nach Thailand, juhujuhujuhu! Ok, wir müssen auch Stoffverteilungspläne erstellen, die DUE planen und für die Schulrechtsprüfung lernen, aber das wird schon gehen.

Endspurt
Veröffentlicht am 11. Juni von ni

Heute war der erste Schultag nach den Ferien und ich muss sagen, es war sehr schön, alle wiederzusehen. Vermutlich aber auch nur, weil meine Klasse eine Klausur geschrieben hat, ich nicht unterrichten musste und überhaupt nur zum Zweck des Klatschs und Tratschs in die Schule gefahren bin. Aber allein die Fahrt war sehr abenteuerlich, ich habe mich auf dem Fahrrad ungefähr so gefühlt wie beim Segeln. Zumindest was den Nässegrad angeht. In der Schule selbst wuseln zurzeit lauter verpeilte Französisch-Austauschleute herum und ich verstehe nichts. Die aber auch nicht. Publikumsmagnet im Lehrerzimmer ist momentan der Spiel-/Tipp-Plan zur Fußball-EM und wir sind gespannt, wer das Rennen macht. Also nicht beim Spielen, sondern beim Tippen. Bei mir fällt heute (wie auch nächste Woche) schon wieder Schulrecht aus und wenn das so weitergeht, werde ich dumm sterben müssen. Dafür habe ich mehr Zeit zum sinnlosen Nichtstun und Rolltreppe fahren, jucheididei. Nun werden Nigela sich den montaglichen Pestonudeln widmen, bevor es nach Karlsruhe zu Multimedia geht (was sich mit sinnlosem Nichtstun gleichsetzen lässt).

Das gibt's doch nicht!
Veröffentlicht am 12. Juni von ni

Den ganzen Tag über (beispielsweise während ich in meinen Seminaren sitze und gegen das Einschlafen kämpfe) habe ich soo viele Ideen für den Blog. Und wenn ich dann endlich draufstarre, fällt mir KEINE EINZIGE mehr davon ein. Jetzt sitze ich hier, habe die 250g Marabouschokolade so gut wie besiegt und warte auf Gela. Ich bin sehr stolz auf mich, dass ich den heutigen Arztbesuch überstanden habe und weiß jetzt, dass ich keinen Krebs habe. Zumindest nicht in der Gebärmutter, den Rest ultraschallen wir

nächsten Dienstag. Was kann man sich Schöneres in seiner Mittagspause vorstellen?
Anschließend war ich mit Lilli Jellybellys shoppen, in Geschichte-Fachdidaktik haben wir Bingo gespielt, in Deutsch-Fachdidaktik gab es Käsekuchen und in Pädagogik war ich so darauf konzentriert, nicht einzuschlafen, dass ich vom Rest nichts mitbekommen habe. Das Einzige, was mich aufhorchen ließ, war der Erwartungs-Wert-Ansatz von Heckhausen und Rheinberg. Man könnte meinen, die Versuche zu ihrer Theorie hätten sie allein mit mir gemacht: Von sich aus macht der Mensch nichts. Kriegt er eine Aufgabe, macht er zunächst eine Kosten-Nutzen-Rechnung und schaut, was dabei rumkommt. Lohnt es sich, macht er mit, lohnt es sich nicht, macht er nix. Naja. Klingt lustig, ist natürlich aber nicht ganz korrekt. Zumindest nicht, wenn man an diesen Kindergartenversuch denkt. Da haben vor dem Experiment alle Kinder freiwillig gemalt. Dann fing man an, den Kindern Süßigkeiten für jedes Bild zu geben und dann haben sie den Spaß am Malen verloren und wollten nicht mehr malen (denn das war ja dann „bezahlte" Arbeit).
All diese Theorien sind doch höchst fragwürdig. Literatur ist mein Beruf und sie macht mir trotzdem Spaß! Wenn nur die Kinder und Lehrpläne (Vorsicht, in Ba-Wü heißen sie mittlerweile: BILDUNGSpläne!) nicht wären … und dieses grauenhafte 2. Fach.
Nach den Ferien dürfen wir ja mit der DUE unsere 2. Examensarbeit schreiben, hossa! Der Umfang wurde aber von 90 auf 70 Seiten gesenkt, wobei der reine Text 33 Seiten nicht übersteigen darf (bricht man eine 34. Seite an, bekommt man die Arbeit ungelesen zurück!) und der Rest soll aus Tafelanschrieben und Arbeitsblättern, gestellten Klausuren etc. bestehen.
Auch die mündliche Schulrechtsprüfung steht uns (im September) noch bevor. Vielleicht geschieht ein Wunder und wir bestehen. Komisches Jurakauderwelschblabla. Vermutlich kapieren wir nicht einmal, worum sich die Frage dreht. Ich sag nur „*Hierarchie der Normen* – hab' ich schonmal gehört!"

Nächste Woche findet die ultimative Kursevaluation statt, da Nigela ja Kurssprecherinnen sind, dürfen sie die in ihren Kursen durchführen. Wenn sie es bis Dienstag nicht längst vergessen haben. Aber die APR-Sarah wird uns ja sicher noch einmal daran erinnern.

Juhu!
Veröffentlicht am 13. Juni von gela

Ich sitze zwar mal wieder erfolglos an meiner Unterrichtsvorbereitung, aber ich bin tatsächlich motiviert. Denn: Morgen halte ich meine letzte Kuba-Stunde (juhu!), nächste Woche bringe ich mein Ausbildungsgespräch, meinen letzten Unterrichtsbesuch und den Schulleiterbesuch hinter mich (juhu!) und danach geht es rasend schnell auf die Ferien zu und somit auf ein Ende von DaF, Multimedia und Schulrecht (juhu!). Außerdem habe ich vor, die Zeit bis dahin trotz allem so angenehm wie möglich zu gestalten und viele tolle Sachen zu machen. In Frankfurt gibt es Party, in Pforzheim Kirmes, in der Schule Theater usw. (juhu!). Das Wetter kann auch nur besser werden und bald starten die Thailand-Vorbereitungen (juhu!). Trotzdem widme ich mich jetzt wieder dem kubanischen Schwarzmarkt. Bald ist Wochenende (juhu!)!

Lust auf Lebkuchen
Veröffentlicht am 13. Juni von ni

Und zwei überraschende Neuigkeiten:
1) Ich bin derzeit Tippmasterin beim EM-Tippspiel in der Schule!
2) Ich bin heute zum ersten Mal (seit fünf Monaten) ohne Schieben den Berg zur Schule hochgekommen!

Schröcklich, schröcklich[11]
Veröffentlicht am 16. Juni von ni

Da versteckt man sich eine halbe Ewigkeit in der Getränkeabteilung des Supermarkts, um nicht von den davor herumlungernden Schülern entdeckt zu werden, und dann läuft man ihnen auf dem Weg zur Kasse direkt in die Arme. Hmpf. Ansonsten war der Tag relativ unspektakulär. Weil niemand Zeit hatte, etwas zu unternehmen, habe ich den Großteil davon verschlafen. Zwischendurch saß ich auf dem Balkon und habe die Klausuren der 11er korrigiert. Erschreckend, dass nach vier Wochen Lyrik nur eine Person das Reimschema erkannt hat. Aber man lernt ja beim Korrigieren auch vieles von seinen SchülerInnen. Zum Beispiel, „dass die Ehe eine begehrliche und eine abstoßende Seite hat"! Das klingt immerhin nachvollziehbarer als die Behauptung, dass „in alten Zeiten die Ehe noch der Tod war". Besonders schön war auch der Aufsatz, der was von Pfand im Sinne von Pfandflaschen erzählt hat (es ging eigentlich um einen Ring als Pfand der Liebe) und dass man ja Geld kriegen müsse, wenn man das Pfand zurückgibt. Irgendwas habe ich wohl falsch gemacht in den letzten Wochen. Najaaa, kleine KapitalistInnen herangezogen. Damit kommen sie auch besser durch in dieser Welt. Nigela haben sich jedenfalls gerade mit Popcorn, Eis, Chips (drei Packungen, weil Sonderangebot), Schokolade, Waffeln, Kindercountry, noch mehr Schokolade und Cuba Libre eingedeckt und feiern mit Dirty Dancing den Samstagabend.

Schneeeeeeeeell
Veröffentlicht am 17. Juni von ni

Mir ist soo laaaangweiiiliiiiig! Es muss schnell jemand herkommen und mit mir spielen!!!
Sonst backe ich Kuchen.

---

[11] Schiller: „Die Räuber", 1782.

He ho, let's humppa!
Veröffentlicht am 19. Juni von ni

Seminar ist langweilig wie nie, alle DUEs, die ich gebrauchen könnte, sind entliehen, der Tag ist noch so lang und ich habe immer noch keine Ahnung von meiner kommenden Geschichtsstunde in der Oberstufe. Insgesamt muss ich einen sehr erbärmlichen Eindruck machen, denn eine nette Frau in der Bahn hat mir heute Morgen 1,50 Euro geschenkt, weil ich kein Kleingeld für den Fahrkartenautomaten hatte.
Außerdem wäre ich viel lieber Kindergärtnerin. Der Aufgabe, Kindern zu erklären, dass man nicht mit Scheren herumwerfen darf, fühle ich mich viel eher gewachsen als diesen Abivorbereitungen … viel zu viel Verantwortung. Und am Ende wird es nichts – mit der Erkenntnis muss man erst einmal leben! Nachher verschwende ich meine kostbare Freizeit mal wieder beim Arzt. Warum habe ich diesem Termin nur zugestimmt? Und morgen gleich wieder, aber das ist wenigstens für einen guten Zweck (nämlich Urlaub). Und damit ich mehr vom Nachmittag habe, stehe ich demnächst um 6 Uhr auf, um mich mit meinem Dozenten zum Ausbildungsgespräch zu treffen, tolle Wurst. Ich kann jetzt schon sagen: Das wird ein seeehr einseitiges Gespräch werden, vor zweistelligen Uhrzeiten geht bei mir in dieser Hinsicht nichts. Immerhin gibt es in dieser Woche noch zwei Lichtblicke: Theater und Kanufahren! Ansonsten zähle ich weiterhin fleißig die Tage bis zu den Ferien: 36! Und jetzt verschiebe ich die Unterrichtsvorbereitungen auf meine Bahn- und Busfahrten und prokrastiniere in der Stadt vor mich hin.

Mehr sinnliche Erlebnisse!
Veröffentlicht am 26. Juni von ni

Die Seminarbibliothek hat einfach IMMER geschlossen, wenn man sie braucht! Es ist doch vor jedem Referat und jedem Unter-

richtsbesuch das gleiche. Wie stellen die sich das vor? Wie soll man wissenschaftliche Arbeiten schreiben ohne Bücher? Aber einem Plagiatsvorwürfe machen, wenn man nicht hinter jedem Satz eine Fußnote stehen hat!
Eben habe ich mal wieder mehr oder weniger erkenntnisreiche 90 Minuten Pädagogikunterricht hinter mich gebracht, in denen ich genau zwei Dinge gelernt habe:
1. Ich zähle noch zu den Jugendlichen (und zwar noch bis zu meinem 30. Geburtstag).
2. Heutige Jugendliche brauchen mehr sinnliche Erfahrungen.
Da ich ja seit eben weiß, dass ich mich dieser Zielgruppe zugehörig zu fühlen habe, nahm ich den Pädagogikmann sogleich beim Wort und war gewillt, eine sinnliche Erfahrung zu erleben. Ich bin also raus auf die Wiese gestapft, um mich ins Gras zu legen. O-Ton des Pädagogikmannes: „Schauen Sie doch mal, ob Sie einen Käfer sehen". Ha! Ein Käfer wäre ja schön gewesen! Nach 10 (spätestens 15) Sekunden musste ich mein Experiment abbrechen, weil ich von einer Ameisenarmee überrannt wurde, die versucht hat, mich komplett einzunehmen! Weil mir das Ganze viel zu schnell viel zu sinnlich wurde, vor allem das Gewusel und Gebeiße (aua!) unter meiner Kleidung, habe ich mich (wie ihr gerade merkt) ruckzuck wieder vor den PC geflüchtet. Nebenbei lecke ich meine Wunden. Also ich kann die Jugend bestens verstehen, dafür brauche ich keine Studien.
Die anderen 50% von Nigela haben heute eine 100%ige Metamorphose durchlaufen und schweben nun strahlend und mit neuem Kopf durch die Welt!
Viel Nennenswertes hat sich ansonsten nicht ereignet. Außer: Heute wurden Lebensmittelmarken im Seminar verkauft! Geschichte zum Anfassen, sag' ich da! Mit dem Kauf der Lebensmittelmarken haben wir uns gewissermaßen zu einem Besuch des Sommerfestes am Seminar verpflichtet, das irgendwann im Juli stattfindet, Berichte folgen.

Ready for weekend
Veröffentlicht am 29. Juni von ni

Schade, dass das Wochenende bei uns dieses Mal ausfällt. Aber nächste Woche wird es dafür umso toller! Jedenfalls wenn mein Unterrichtsbesuch tatsächlich an diesem Montag stattfinden sollte, was noch nicht 100%ig sicher ist. Bald sind Ferien, juhu! Und wir haben immer noch weder Route noch Rucksack für unser Thailandabenteuer. Dafür aber mittlerweile den so lange herbeigesehnten Thailand-Reiseführer! Ich hoffe, er hält den hohen Erwartungen stand! Was gibt es sonst Neues? Es ist unerträglich heiß. Und wir hätten gerne ein Wasser in Form eines Sees. Toller wäre ein Meer. Aber wir sind ja anspruchslos und würden uns auch über einen kleinen Bach freuen! Aber hier gibt es ja nichts außer Wald. Ohne Wasser. Leider hatten wir bisher auch überhaupt nichts von dem tollen Wetter, weil wir ständig mit so Krams wie Unterrichtsentwürfe schreiben, DaF lernen, Klausuren korrigieren oder Unterricht vorbereiten beschäftigt sind. Dummerweise hat mein Kopf wohl Angst, wegen Überhitzung kaputt zu gehen und macht einfach gar nichts mehr. Habe es heute an einem kompletten Tag nicht einmal fertig gebracht, mir einen Inhalt für eine 45-minütige Schulstunde auszudenken. Ich kann nur hoffen, dass trotzdem alles klappt, sie mich nicht noch kurzfristig in die Verlängerung schicken und wir ruckzuck in den Ferien ankommen. Auf uns warten davor noch viele tolle Sachen! Hauptsächlich viel Grillen: in der Schule, im Seminar und zu Hause! Heute habe ich den ersten Gurkensalat meines Lebens gemacht, das war toll! Und lecker! Leider hat Gela ihn verschlafen, deshalb gibt es morgen noch einen.

Ich versuche mir nebenbei gerade so viel Wissen über Finanzgedöns und Märkte anzueignen, dass die Wirtschaftsklasse nicht merkt, dass ich keine Ahnung davon habe, wie Geld funktioniert. Habe mir schon gemerkt, dass Inflation von aufblähen kommt und dass es dabei immer Gewinner und Verlierer gibt und man es durch Devisenspekulationen auf die Gewinnerseite schafft. Äh, ob das reicht, um ElftklässlerInnen zu beeindrucken? Gestern gab es eine schockierende Messer-Auseinandersetzung im Schwanner Supermarkt, mit Absperrung und Polizei und allem Tamtam! Und das Größte ist: Gela hat es in ihren wirren Träumereien vorausgesehen! Mit viel Phantasie und ausreichend Deutungsspielraum jedenfalls. Am Dienstag kommen Heizungsmenschen und stöbern in unserer Abwesenheit durch unsere Wohnung. Wir haben bereits versucht, uns dagegen zu wehren. Bisher ohne Erfolg. Und ab Freitag beginnt das fabelhafte Teamteaching von Nigela! Das wird ein super Theaterstück, es heißt „Die Jäger des Waldes" und es kommen Feen und Prinzessinnen darin vor und eine Nebelmaschine! Und zehn FünftklässlerInnen.

Auf der Zielgeraden
Veröffentlicht am 2. Juli von gela

Ni hat gerade ihren letzten Unterrichtsbesuch hinter sich gebracht und müsste gleich wiederkommen – spannend! Aber bestimmt war es super!
Wir werden beide heute den letzten Schritt zur Multimediaberaterin machen und ich werde außerdem die DaF-Prüfung meistern (positiv denken). Danach ist das Schlimmste für den Moment vorbei: keine Unterrichtsbesuche mehr, kein Multimedia mehr, kein DaF mehr! Dafür viele tolle Unternehmungen! Yeha!

Nigela sind Multimediacracks
Veröffentlicht am 2. Juli von ni

Gela meistert gerade ihre DaF-Prüfung, müsste aber gleich kommen. Danach ist nur noch feiern und chillen angesagt. Wenn man von der selbstauferlegten Brigittefolter absieht. Heute haben wir unser Multimediaberaterinnenzertifikat bekommen. Darauf können wir immer nachlesen, was wir theoretisch alles können sollten. Bei manchen Dingen weiß ich nicht einmal, was es ist. Und seit heute ist es amtlich und offiziell: Sie lassen mich nach den Sommerferien unbeobachtet auf Kinder los! Witzig und ein bisschen unverantwortlich. Aber es wird bestimmt spaßig, ich stelle es mir jedenfalls so vor. Viel Kuchen, viele Filme, viel Schwank und zwischendurch ein bisschen Theater und Standbilder. Doof, dass es auch im unbeobachteten Raum so viele Sachen gibt, an die man sich halten muss. Und auch krass, dass es so wenige Fälle gibt, in denen man eine 6 geben darf. Dafür sind die LehrerInnen zu unserer Zeit damit aber sehr inflationär umgegangen. Bei dem Wort „inflationär" kriege ich Brechreiz, wäääh. Aber nächste Woche muss dann die Reichsverfassung unterrichtet werden. Das wird auch nicht besser als die Wirtschaftskrise. Ich hoffe, das können wir in 5 Minuten abhandeln, um uns dann den Roaring Twenties zu widmen.

Mahlzeit!
Veröffentlicht am 4. Juli von ni

Ich komme gerade von unserem Schulmusical. Das war sooo schief und sooo niedlich! Kleine Pommesmädchen mit Ketchup- und Majohüten auf dem Kopf haben die Geburt von Biofastfood präsentiert. Sogar unser Schulleiter hat mitgemacht und musste lustig tanzen. Meine Begleitung wollte allerdings, aufgrund ihres Kleidungszustandes, nicht gesehen werden, weshalb wir im Dunkeln hinter einer Säule ausgeharrt haben und direkt nach dem Ende des Spektakels wieder ins Freie geschlüpft sind! Dennoch haben wir uns köstlich amüsiert! Ein großes Lob an die Musical-AG, die das hier vermutlich nie lesen wird. Ansonsten war heute der zweite Theaterprojekttag mit den 5ern und mir hängt das bekloppte Märchen jetzt schon zum Hals raus. Am Freitag ist noch einmal drei Stunden lang Probe und dann verabschieden Nigela sich in die Exkursionswoche. Zumindest was die 5. Klasse angeht. In den Klassen 9 und 11 müssen wir uns noch weitere vier Stunden zum

Affen machen. Aber immerhin mit Kuchen, den ich irgendwann am Wochenende noch backen muss.

Elsass
Veröffentlicht am 5. Juli von gela

Nur, damit es da nicht zu Missverständnissen kommt: Die Begleitung mit dem zu verbergenden Kleidungszustand war nicht Gela. Die weilte nämlich in Frankreich bei einer Theaterpädagogik-Sitzung auf einem traumhaften Hof mit herzallerliebsten Fachwerkhäusern und wunderschönem Garten. Dort haben wir uns kollektiv zum Affen gemacht und jede Menge Spaß dabei gehabt. Das anschließende Essen war ein Festschmaus. Die lange Anreise trotz nahender Erkältung hat sich also gelohnt!
Heute steht die Schule nur kurz auf dem Plan. Danach gehen wir ins neu entdeckte Schwanner Bücher-Ei und erledigen noch das Ein oder Andere. Bei mir steht unter anderem Kellerausräumen auf dem Plan. Was habe ich mir nur dabei gedacht?

Contrastination!
Veröffentlicht am 10. Juli von ni

Ich stopfe mich mit Chips und Schokolade voll, werde fett und bringe die Seile im Hochseilgarten Karlsruhe zum Reißen. Aber die Welt muss nicht um Ni fürchten, denn Fett bremst! Zur Feier des Tages haben Nigela versucht, möglichst viel im Supermarkt auszugeben, um dort Geld abheben zu dürfen, denn passende Banken gibt es in der Pampa ja nicht. Ich habe heute genau nichts gemacht, meine Todoliste (den BindestrichfanatikerInnen eins auf die Schnauze!) wird länger und länger und ich fauler und fauler. Ich kam heute ohne Unterlagen ins Seminar, habe vergessen, dass ich einen Vortrag halten sollte, für den ich weder etwas vorbereitet noch die Unterlagen dabeihatte. Improvisation ist alles. Im

Deutsch-Fachdidaktik-Kurs habe ich natürlich auch nichts dabeigehabt, für Pädagogik auch nicht, aber das fiel dankenswerterweise aus! Dann habe ich versucht heimzufahren, aber der Verkehrsverbund hasst mich ja bekanntlich. Beim dritten Anlauf hat es dann geklappt und ich kam kurz vor Gela (die ungefähr drei Stunden nach mir losgefahren ist) zu Hause an. Olé! Nun freue ich mich auf die vor uns liegenden Exkursionstage, meinen noch nicht existenten Vortrag über Leistungsbeurteilungen (wie oft kann ich in einer Sitzung „Noten sind scheiße" sagen?), die letzten Stunden in der 11e und die „Hocketse" (gemütliches Zusammensitzen unter KollegInnen) am letzten Schultag. Juhuuu, die Ferien sind so greifbar nah! Bin heute noch vor dem frühen Vogel nach Karlsruhe zum Ausbildungsgespräch gefahren, um zu erfahren, dass ich die „Stütze des Kurses" bin (euphemistische Umschreibung für Streberin?). Jedenfalls hat mich das in einen solchen Rausch versetzt, dass ich den Rest (vermutlich alles Negative) nicht mehr mitbekommen habe. Als Dämpfer musste ich leider im Anschluss feststellen, dass ich meine Kopierkarte verloren habe. Zum Glück hat eine reizende Kollegin mir aus der Patsche geholfen, mir ihre gegeben und im Gegenzug dazu lediglich ein Eis verlangt. Bald fahren Nigela zum Outdoorshop und kaufen einen großen Zauberrucksack für das Thailandabenteuer, der alles, was man in ihn reinwirft, ganz leicht macht!

In den Abgrund
Veröffentlicht am 11. Juli von gela

Ni braucht keine Angst vorm Fettwerden zu haben, denn was sie an Reserve anlegt, spare ich dank erneuter herzschmerz-bedingter Appetitlosigkeit zurzeit ein, und breche dabei alle Rekorde (und da wir ja bekanntlich EIN Nigela sind, gleicht sich so alles wieder aus).
Meine Todo-Liste schrumpft tatsächlich und die Ferien werden echt immer greifbarer. Nur Weihnachten gibt es bei mir leider

nicht. Dafür arbeite ich mich voller Vorfreude durch den Reiseführer und freue mich außerdem darauf, mich heute in den Abgrund und am Freitag ins Wasser zu stürzen. Gibt es nicht auch irgendwelche Filmtitel mit zweimal sterben?

Erlebnispädagogik
Veröffentlicht am 11. Juli von ni

Wir sind wohlbehalten aus dem Waldparkkletterdings zurückgekehrt und es hat soooo viel Spaß gemacht! Nigela ist überzeugt davon, nicht das letzte Mal dort gewesen zu sein! Am liebsten würde ich sofort noch einmal hingehen! Meine persönlichen Highlights waren das Durchkriechrohr und der Schlitten. Zu meinen Lowlights zählen hingegen die schaukeligen Balken, deren Abstand zueinander größer ist als meine Beine lang sind. Gruselig. Ob Kanufahren am Freitag stattfindet, hängt aufgrund im Raum stehender Gewitterwarnungen noch in der Schwebe. Entschieden wird heute Abend gegen 21 Uhr. Daumen drücken!

Nix is'
Veröffentlicht am 12. Juli von gela

Die Kanutour fällt ins Wasser (höhö), wen wundert's. Immerhin hatten wir uns ja darauf gefreut ... Die restliche Wochenendplanung fällt gleich mit. Cheers!
Ich trete nun also die Flucht nach Sinsheim an. Mit ordentlichem Muskelkater von gestern, der sich aber definitiv gelohnt hat und absolut wiederholenswert ist!

Wer braucht schon das Seminar?!
Veröffentlicht am 13. Juli von ni

Ich habe eigene Ideen und mache viel tolle Exkursionen ohne langweiligen Theorieteil. Der erste Part des Ausflugs führte mich nach Kiel, wo wir mit einem leckeren Montagessen (wer war bei den letzten Beiträgen aufmerksam? ☺) den Donnerstagabend begrüßt haben. Die Fahrt war bilderbuchmäßig, abgesehen von den gefühlten minus 13°C in meinem Abteil. Aber was ist schon ein bisschen frieren gegen eine pünktliche Ankunft? Eigentlich wäre es kuhl, ich würde jetzt den Unterricht für Montag planen, um den Rest des Wochenendes frei zu haben, aber dazu konnte ich mich bisher nicht aufraffen und es sieht auch nicht so aus, als würde sich das bald ändern. Wohin der Rest der Exkursion führt, ist noch unklar. Ursprünglich stand Kino auf dem Programm, aber da läuft ja, wie so oft, nur Schund. Vielleicht fahren wir auch nach Lübeck und suchen mir einen Job. Vielleicht lassen wir es auch. Eigentlich will ich ja nach wie vor gerne paddeln gehen, aber die kennen hier ja nur Segelboote. Eigentlich war ich jetzt auch lange genug wach und könnte wieder schlafen gehen.

Himmelhochjauchzend …
Veröffentlicht am 16. Juli von gela

… zu Tode betrübt. Meine Laune ändert sich gerade im Zehnminutentakt. Es gibt schon noch ziemlich viel zu tun. Und schon John Wayne wusste: „Many people are alive only because it's illegal to shoot them." Deshalb meine klare Antwort auf Nis Frage „Theaterstück mit Gewalt oder Liebe?": „Gewalt!" Ok, ganz so schlimm ist es auch wieder nicht. Und das Beste: Es gibt Lichtblicke! Kaffee. Eine wiederbelebte Freundschaft. München (obwohl das ein zweischneidiges Schwert ist, weil sowohl Stress und viel Verantwortung im Go Ahead!-Schulworkshop, als auch spannend, interessant und sehr erfreuliche Wiedersehen mit Feierei). Und natürlich ganz klar das Highlight: Thailand! Es rückt immer näher! Die Route entwickelt sich. Bald kann es losgehen!

Gruß aus Asien: Es geht uns gut!
Veröffentlicht am 8. August von nigela

Ausführliches Lebenszeichen in Kürze …

In Chiang Mai:
- River Cruise auf dem Mae Ping
- Thailands höchsten Berg mit seinen Sehenswürdigkeiten „erklommen"
- Markt und Tempel
- Chiang Rai mit weißem Tempel, hot spring, golden triangle, Abstecher nach Laos

In Pai:
- Elefantentag mit Reiten und Spielen im Wasser, danach Fahrt mit dem Bambusfloß inklusive Wasserfälle
- Zipline durch den Dschungel, musste mit der Machete erst einmal für uns freigelegt werden. Sicherheitsstandards? Was'n das?

Es regnet ab und an (okeeh, im Moment schüttet es ohne Unterlass), es ist ordentlich schwül, das Essen teilweise echt eklig (Schlammsuppe mit Würmern), aber manchmal auch sehr lecker und meist sehr günstig, genau wie die Übernachtungen. Im Moment wohnen wir quasi im Dschungel am Rande von Pai und haben die entsprechende Geräuschkulisse dazu. Viele Schmetterlinge, riesige Schnecken und eine 2m-Schlange.

> *caro sagte am 9. August um 11:34 nachmittags:*
> *Hier spricht der Neid …*

Thailandfortsetzung
Veröffentlicht am 6. September von nigela

Hua Hin:
- Hinfahrt in der Holzklasse – schrecklichste Zugfahrt unseres Lebens! Wir sind eigentlich beide nicht empfindlich und haben selten mit unserem Mageninhalt zu kämpfen, aber dies war wirklich die ultimative Herausforderung.
- Hier macht angeblich die High Society Thailands Urlaub, was sich vor allem an den Preisen bemerkbar machte. Der Strand war voller Pferde, Müll und komplett bekleideter AsiatInnen, das Wetter ließ zu wünschen übrig und wir machten uns bald vom Acker.

Ko Tao:
- hübsche kleine Insel, aber da wir keine passende Unterkunft nach unseren Vorstellungen fanden (entweder ausgebucht oder zu teuer), sind wir bald weitergereist.

Ko Phangan:
- Hier haben wir unsere kleine Traumstrandhütte am Meer gefunden. Allerdings regnete es fast ununterbrochen, sodass wir nur ganz wenige Strandstunden hatten. Außerdem war das Wasser kilometerweit flach, korallig und ba-

dewannenwarm, Badespaß kam also auch eher zu kurz. Darüber hinaus war unser Vermieter ein ganz komischer, unsympathischer, windiger Typ, der ständig versuchte, uns über den Tisch zu ziehen und dem wir entsprechend keine zwei Meter über den Weg trauten. Um einmal rauszukommen, mieteten wir uns einen Roller, auf dem Gela Ni zu verschiedenen Wasserfällen und schließlich zu einem Strand auf der anderen Seite der Insel kutschierte. Da die Straße irgendwann nicht mehr befestigt war, sondern aus mit tiefen Furchen durchzogenem rotem Lehm bestand, schrie Gela alle paar Meter „Hubbel!", woraufhin sich Ni fester klammerte und quietschte. Bei den besonders heftigen Steigungen gingen wir irgendwann dazu über, dass Ni abstieg und nebenher lief, um die Erfolgschancen unseres Unternehmens zu erhöhen. Das ging auch soweit gut, allerdings regnete es auf dem Rückweg (wie könnte es anders sein?) und aus Lehm wurde Schmierseife und wir landeten tatsächlich im Graben, zum Glück aber aufrecht und unverletzt. Aufgrund des Regens fiel dann auch der für den Abend geplante Besuch der Half Moon Party im wahrsten Sinne des Wortes ins Wasser.

Bangkok:

– Nachdem wir bis hierher überlebt hatten (unter anderem wirklich jedes erdenkliche Verkehrsmittel!), kam uns das große, wuselige, stinkende Bangkok fast erholsam vor. Wir klapperten die einschlägigen Sehenswürdigkeiten ab (in schlimmster Hitze) und ließen die Abende bei kühlenden Getränken ausklingen, auch wenn ein Besuch in der berühmten Kao San nur mit hochgekrempelten Hosenbeinen möglich war, weil bei einem Gewitter innerhalb kürzester Zeit die Straßen überflutet wurden. Wir entspannten uns hier also einigermaßen, während ein Kollege von Christian, den wir hier getroffen hatten, auf Nis

Feststellung: „Ich will Pommes!" nur noch herausbrachte: „Das einzige, was ich will, ist ein Rückflug!" – Er hatte den Rest Thailands noch nicht gesehen ☺

Der Countdown läuft!
Veröffentlicht am 9. September von ni

Wir sind nach dem einmonatigen Thailandabenteuer wieder wohlbehalten in unser Refkaff zurückgekehrt. Und es hat sich einiges getan! In Schwann gibt es nun beispielsweise eine Pizzeria. Vor mir liegen mehrere Laminierstunden mit Gelas nigelnagelneuem Laminiermaschinegerät. Das ist wegen der stabilen bunten Bilder und die sind für den bunten Zeitstrahl, den ich morgen mit der 8. Klasse bastele.

Warum sind in der Nussmischung so viele Haselnüsse?
Veröffentlicht am 13. September von ni

Noch 43 Tage bis zu den Herbstferien! Nach sechs Wochen des Gammelns (= Sommerferien) bin ich mit dem Fahrrad den Berg nicht mehr hochgekommen. Gestern Abend habe ich versehentlich das Frühstück aufgegessen, deshalb gibt es jetzt nur noch Nüsse. Die Taschentuchbox ist schon wieder leer und der Schnupfen ist immer noch da. Die DUE-Klasse ist sehr lieb, meine Vorurteile gegenüber den Jonassen müssen allerdings noch abgebaut werden. Heute kommt noch eine neue Klasse dazu, in der ich niemanden kenne und morgen noch eine. Für den Kollegenausflug (bei dem auch Frauen mitfahren dürfen) sind wir bereits angemeldet und planen außerdem fleißig eigene Klassenausflüge, zum Beispiel ins Theater. Ein Alltag ist noch lange nicht eingekehrt, im Lehrerzimmer herrscht großes Chaos, die Listen stimmen nicht, die Computer funktionieren nicht, im Kopierraum mangelt es an Papier und die neu eingeschulten FünftklässlerInnen machen das Chaos perfekt, indem sie überall herumwuseln, sich verlaufen und Ralleyfragen beantwortet haben wollen. Eigentlich würde ich mich jetzt gerne ins Bett legen und das Sams weiterlesen, aber die 10. Klasse wartet auf mich, Thema „Europa". Gut, dass ich davon so viel Ahnung habe.

So funktioniert also eigenverantwortlicher Unterricht
Veröffentlicht am 14. September von gela

Die erste Woche ist geschafft! Und es hätte schlimmer kommen können! Das Vorbereitungspensum ist zwar der Hammer und wir ahnen schon, mit wie viel Freizeit wir rechnen können, aber wenigstens läuft es und ist in dem Tempo auch bald vorbei … Ich werde in diesem Schuljahr also eine 8. Klasse in Deutsch und als stellvertretende Klassenlehrerin haben, eine andere 8. Klasse in Spanisch (die Ni in Deutsch hat, sodass wir zusammenarbeiten können) und eine 10. Klasse in Spanisch. Bisher scheinen alle ganz umgänglich zu sein.

Eben haben wir schon den unverschämt teuren Großeinkauf für die tolle Schokoladenverköstigung im Deutschunterricht in unseren 8. Klassen gemacht (und wurden dabei natürlich prompt von einem betroffenen Schüler erwischt – willkommen auf dem Dorf). Thema Medien und Werbung, Blindverköstigung: Ist die Marke tatsächlich besser als die Billigversion? Wir sind gespannt. Und die Reste essen natürlich wir! Am Wochenende steht neben der Unterrichtsvorbereitung Schulrecht auf dem Plan, damit wir am Montag dann schon unsere erste Note fürs zweite Staatsexamen einsammeln können. Sie wird natürlich hervorragend, höhö.

Wenn der Freitag nicht frei ist, ...
Veröffentlicht am 20. September von ni

... kommt am Samstag auch kein Sams. Und warum zur Hölle dauert es überhaupt so lange bis Freitag? Ich habe jedenfalls schon am heutigen Donnerstag allen ein schönes Wochenende gewünscht, bis ich von vereinzelten Irritierten darauf hingewiesen wurde, dass wir uns ja morgen noch sehen. Ja, leider. Aber nur sowas von kurz! Denn ich habe meine Freitagsstunden schon im Laufe der Woche vorgeholt und darf deshalb morgen schon nach der 2. Stunde gehen!
Heute habe ich die ersten beiden Stunden meiner DUE gehalten, weitere 16 liegen vor mir ...
Von den Überresten unseres Schokoexperiments werden wir noch wochenlang satt. Das Experiment an sich war jedoch nur mäßig erfolgreich. Die 8er sind jetzt größtenteils der Meinung, Markenprodukte seien besser, obwohl viele den Unterschied nicht herausschmecken konnten. Einige Traumtänzer meiner DUE-Klasse brauchen schon wieder mehr als zwei Wochen, um eine Unterschrift vorzuzeigen bzw. ihr Klassenarbeitsheft abzugeben. Manchmal hat man leider den Eindruck, es mit geistig Minderbemittelten zu tun zu haben.
Jetzt manipulieren wir erst einmal das aus der Schule entwendete Thermometer, um den Vermieter dazu zu bringen, die Heizung vorzeitig einzuschalten. Vom heutigen Seriengucken trennen uns leider noch viele Unterrichtsstunden, die vorbereitet werden wollen.

Lagebericht
Veröffentlicht am 26. September von ni

Ich fühle mich, als hätte ich wochenlang nicht geschlafen, dabei ist das Wochenende mit seiner extremen Gammelei (ich kann 20 Stunden am Stück im Bett liegen, wer kann mehr?) noch gar nicht lange her! Aber drei Schultage reichen offenbar aus, um meine komplette Kraft aufzubrauchen. Essen und Schlaf kamen zu kurz, aber der DUE-Besuch ist mittlerweile absolviert und wir haben einen seeehr guten Eindruck hinterlassen. DIE 8e IST DIE TOLLSTE KLASSE DER WELT! Auch die Jonasse. Mein Mentor wusste gar nicht, was er sagen sollte, so beeindruckt war er. Und das lag ganz sicher nicht (ausschließlich) an meinen famosen Arbeitsblättern, sondern an den weltbesten Kindern. Ich werde jetzt etwas essen und dann ein paar Stunden Schlaf nachholen, bevor ich mit der Vorbereitung für den morgigen Unterricht beginne. Zum Glück konnte ich dafür eben von einem Kollegen fertige Arbeitsblätter abstauben, die ich nur noch kopieren und austeilen muss. Mit deren Hilfe kann ich immerhin mindestens 10 von 90 Minuten überbrücken.

Aus reinen Selbstschutzmaßnahmen haben Nigela beschlossen, nächste Woche die Therme zu besuchen! Schließlich wollen wir uns nicht schon vor dem Berufseintritt in die burnoutbedingte Berufsunfähigkeit manövrieren. Allerdings sind wir auf dem besten Weg dahin, weil wir uns aus reiner Schleimwut sämtliche Zusatztermine aufhalsen. Nachdem wir den Klettauftritt zur Einführung des neuen Deutschbuches hinter uns gebracht haben (ich war nur körperlich anwesend), liegt nun die LRS-Fortbildung vor uns. Ansonsten geht es uns aber gut (abgesehen von Magenschmerzen und Dauererkältung), in der Wohnung sind es über 18°C, die Sonne scheint und die nächste Woche verspricht so schön zu werden wie ihr Besuch. Besonderes Schmankerl neben dem Schwimmbadaufenthalt sind Feiertag und Kollegenausflug! Und noch eine gute Nachricht: Wir durchsteigen den Refkaff-Müllplan so langsam. Und das schon nach neun Monaten, wow! Wir gehören zu den ganz Schnellen.

Ich freue mich sooo …
Veröffentlicht am 2. Oktober von gela

- wenn die blöde Erkältung weg ist.
- wenn Kackmistschulrecht endlich vorbei und überlebt und ordentlich bestanden ist.
- wenn die Laborergebnisse vom Hautarzt gut sind.
- auf den Kollegenausflug.
- aufs Wochenende.
- wenn der Elternabend unbeschadet überstanden ist.
- auf die erste Tanzstunde (Nigela hat sich zum Tanzkurs angemeldet!).
- auf die beiden Theaterbesuche mit den 8ern und 9ern.
- auf das Wochenende mit Droppie.

Ich freue mich sooo …
Veröffentlicht am 2. Oktober von ni

- auf 23.42 Uhr, weil da der Besuch aus Kiel ankommt.

> *hanna sagte am 3. Oktober um 12:29 nachmittags :*
> *Und ich freue mich über selbstgemachte vegane Zimtschnecken, die die ganze Wohnung mit Zimtduft erfüllen. Weil das so schön ist, stelle ich den Link zum Rezept mal hier in die „Freu-Liste": http://vegan-und-lecker.de/2010/03/09/zimtschnecken-mit-und-ohne-walnuesse/*

Einheitsfeierei im Nordschwarzwald
Veröffentlicht am 3. Oktober von ni

Armes Neuenbürg! Hat nur pelzige Maroni und Zitroneneis, das so schmeckt wie Putzmittel riecht. Dafür aber gibt es ein tolles

Schloss, das es ohne Weiteres mit der Alhambra aufnehmen kann! Leider hat man uns am Eingang von Hauffs Märchenmuseum (das sich im Inneren des Schlosses befindet) abgewimmelt, weil wir mal wieder zu spät waren. Ansonsten hatte ich viele Mützen auf dem Neuenbürger Einheitsmarkt auf und wir haben erstaunlich wenige Schulkinder getroffen. Jetzt muss schnell ein Antibazillenschutzwall errichtet werden, aus Spinat natürlich!

Gastkommentar von Christian:

Ni hatte für die einheitsdeutsche Exkursion in die weltpolitische Neuenbürgermetropole zum Glück und zu meiner Freude Proviant (insbesondere flüssigen) in großer Menge in das Ausflugsgepäck gepackt. Genannter Proviant überlebte trotz seiner Dimensionierung nur die Reise zum Schloss der Metropole, weswegen für den Rückweg diverse und unterschiedlich schmackhafte Nahrungsmittel akquiriert wurden. Im Übrigen hält Ni für erwähnenswert, dass das Handtuchspendesystemhandtuch der Metropolschlosstoilette der christianschen Zerreißprobe nicht standhielt. Die weitere Textilevaluation hatte zwar ebenfalls kein befriedigendes Ergebnis, weitere Risse konnten aber vermieden werden. Stattdessen erfreuten wir uns an der Einheit und am sehr kurzwelligen Spektrum des Himmels.

Time flies

Veröffentlicht am 7. Oktober von gela

Der Kollegenausflug war nett. Das Wetter war perfekt und die Sonne hat das Herbstlaub schön kitschig leuchten lassen. Das Picknick an der Nagoldtalsperre war großartig, weshalb die meisten von uns leicht überfressen endeten. Ich habe meine erste Sommerrodelfahrt überlebt und es hat echt Spaß gemacht. War auch ein sehr idyllisches Fleckchen (Gutach), für das wir mit dem Doppeldecker einmal hin und einmal zurück quer durch den Schwarzwald gefahren sind. Fürs Abendessen wurde dann in der „Hausbrauerei Mönchwasen" eingekehrt. Ein riesiger, unglaublich überfüllter

Laden. Durch eine Glasdecke konnte man in einen riesigen Bottich im Keller gucken, der von einer Kollegin als Schmalzbottich identifiziert wurde, bis wir sie davon überzeugen konnten, dass es sich um Bier handelte. Die Auswahl an vegetarischem Essen war denkbar bescheiden, sodass meine Mitreferendarin und ich uns mit einem überbackenen Käsebrot begnügten. Ich hätte nie gedacht, dass ich einmal ein Käsebrot kaum schaffen würde – es war wirklich riesig! Aber ganz lecker. An manchen Tischen machte sich der steigende Alkoholpegel leicht bemerkbar, aber es hielt sich in Grenzen. Leider haben wir keine neuen KollegInnen kennengelernt oder Duz-Freundschaften geschlossen, aber dafür konnte die interreferendarische Sozialisierung zumindest teilweise weiter vorangetrieben werden, was die Veranstaltung für mich bereits zu einer gelungenen macht.

Ansonsten wird die Erkältung zwar immer besser, behält aber nach wie vor einen Fuß in der Tür. Dafür wurde die Schulrechtsprüfung ordentlich gerockt und ist nun abgehakt – yeha! Das Wochenende lief leider anders als geplant, war aber dank erneuter Exkursion in das Pforzheimer Nachtleben trotzdem sehr spaßig!

Hundebiss und Elternabend
Veröffentlicht am 8. Oktober von ni

Nachdem ich beim heutigen Elternabend nur Unsinn erzählt, meine Sprechstunde verleugnet und den restlichen Inhalt vergessen habe, startet die Tortur morgen meisterinnenprofimäßig in die zweite Runde. Vorausgesetzt natürlich, wir können dem vorherigen Martyrium (Seminar) standhalten, was vereinzelt bezweifelt wird. Ich habe soeben entschieden, dass es ausreicht, zweimal im Jahr pünktlich zu kommen und ich morgen den riskanten späteren Bus nehme. Aber nun zurück zu den wichtigen Ereignissen der vergangenen Stunden: Der Kampf mit dem dreibeinigen Tierheim-Ungeheuer während eines Spaziergangs, den wir in einem Anflug sozialen Engagements mit demselben unternahmen. Die überaus couragierte Mitreferendarin Carolin sprang der kleinen Ni zu Hilfe, als uns ein anderer Gassigeher mit wütendem Hund begegnete und riskierte damit den Tod durch Wundstarrkrampf, weil das dreibeinige Ungeheuer in seiner Panik das Menschenbein nicht vom Hundebein unterscheiden konnte und in ihre Wade biss. Sie musste an diesem Abend blutend zum Elternabend gehen. Nigela plagt seitdem das schlechte Gewissen und wir hoffen, dass es der Draufgängerin bald besser geht!

Vielleicht noch einige Worte zum Wochenende: Während in Pforzheim gesoff... äh, gefeiert wurde, waren wir [Christian und Ni] voll kulturmäßig am Start und kurz davor, Nürnbergs Hinweisschilder zu korrigieren. Leider hatte ich keinen Rotstift dabei, deshalb blieb es beim bloßen Photographieren.

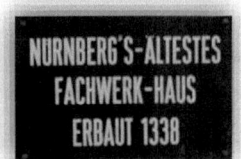

PS: Das Rodeln mit den KollegInnen aus der Schule fand ich ebenfalls super, Christian und Ni hatten dank 6er-Karte dreimal so viel Spaß wie der Rest.

Ref ist zermürbend
Veröffentlicht am 11. Oktober von gela

Das Leben an sich manchmal auch irgendwie. Wie schön, dass es Lichtblicke gibt. Zum Beispiel den gelungenen Theaterausflug mit unseren 8ern: Sie waren ja so unfassbar brav! Einfach toll! Hoffentlich wird auch die Klassenarbeit gut (meine erste überhaupt). Auch der gestrige erste Tanzstundenabend war ein Highlight, auch wenn er überraschend und ungelegen kam und mit allerlei Widrigkeiten verbunden war, so hatten wir doch unseren Spaß und können nun fast den Cha-Cha-Cha. Er wird nun jeden Mittwoch wiederholt und wir haben beschlossen, den Abend zu unserem Ausflugs-Großstadt-echtes Leben-Abend zu machen und ihn mit vorhergehenden und nachfolgenden netten Unternehmungen zu spicken.

Auch unsere lieben Ref-KollegInnen sind immer wieder aufs Neue ein echter Lichtblick, genau wie die Lebenszeichen von manchen FreundInnen aus unserem früheren Leben – danke dafür! Und wenn man ein bisschen sucht, gibt es sogar noch mehr: die schönen Seiten des Herbstes (bunte Bäume, mystische Nebellandschaften, Kerzen, mein gemütliches Zimmer mit meinem kuscheligen Bett), die Wochenenden (mit Ausschlafen, netten Menschen und Produktivsein), ein voller Kühlschrank (bzw. Magen), der anstehende Droppie-Besuch und und und …

Schulalltag
Veröffentlicht am 18. Oktober von ni

Gespräch in der 10a:
Frau Schuh: „Also, es gibt da so'n Wettbewerb zum Thema Europa, ihr könnt da als Klasse, in Kleingruppen oder auch als Einzelperson teilnehmen."
Robin: „Worum geht es denn da?"
Frau Schuh: „Um Europa."

Das Leben ist schön
Veröffentlicht am 20. Oktober von gela

Aus aktuellem Anlass ist es mir ein Bedürfnis, die Liste der Lichtblicke zu erweitern: Der traumhafte Schwanner Sternenhimmel, von dem ich kaum glauben kann, dass er echt ist. Der goldene Oktober. Die beste Mentorin, die man sich nur wünschen kann, die schon jetzt (zum Glück offene) Türen einrennt, damit ich nach dem Ref in Neuenbürg übernommen werde. Live-Konzerte. Optimismus und seine VertreterInnen. To be continued.
PS: Habe eben auf dem Rückweg von Karlsruhe innerhalb von 20 Minuten zwei Füchse gesehen. Willkommen auf dem Land … Und willkommen in Pforzheim: Da steckt man auch schon einmal etwas

ein, wenn in der Dorfdisse die Prügelei losgeht. Aber es hat trotzdem Spaß gemacht!

Brrrrrrrrrrrr
Veröffentlicht am 23. Oktober von ni

Kalt ist es in Schwann! Ich würde mich jetzt gerne in meiner Kuschelhöhle verstecken und bis Mai Winterschlaf halten!

Geburtstagsnachtrag
Veröffentlicht am 25. Oktober von ni

Schöööön war's! Bei so viel Sonne und netter Gesellschaft habe ich fast gar nicht gemerkt, dass ich schon 22 geworden bin! Das Geburtstags-Wochenende begann mit einem großen Bus-Bahn-Chaos auf dem Weg vom Refkaff nach Heidelberg und einer eineinhalbstündigen Verspätung. Nach kurzem ZEP-Aufenthalt endlich im eigentlichen Zielort Eppelheim eingetrudelt, gab es erst einmal eine ordentliche Portion Ponyserien und gleich nach dem Aufstehen leckeres Bananenbrot mit viel Nutella! Vollgefrühstückt sind wir fast im Miramarwhirlpool untergegangen und sofort als wieder Platz im Bauch war, haben wir diesen mit Pommes aufgefüllt. Gestärkt wanderten wir schließlich nach Kirchheim. In der dortigen WG gab es bei geselligem Beisammensein noch bestes Imaginärquartett. Das sonnige Wochenende fand seinen Abschluss am Sonntagmorgen in der Heidelberger Altstadt bei einer Auswahl von 34 Trinkschokoladen, die man sich mit einem Sprint durch die angeblich längste Fußgängerzone der BRD erst verdienen musste.

Schwächelnde Technik
Veröffentlicht am 27. Oktober von gela

Ferien! Und sie sind so nötig wie noch nie! Die letzten zwei Wochen waren gespickt mit Tests, Klassenarbeiten, mündlichen Noten, Überstunden am Seminar, GLK (GesamtlehrerInnenkonferenz) und einer mehrstündigen Abschleppaktion, nachdem mein Auto während der Fahrt plötzlich ausging und nicht mehr ansprang. Auch Kühlschrank, Waschmaschine, Staubsauger, Drucker und Laptop schwächeln … Ebenso mein Immunsystem. Naja, wichtiger als der Kühlschrank ist zurzeit entsprechend eher die Heizung. Es ist schon richtig kalt und da es sogar schon hier bei meiner Mutter in Sinsheim schneeregnet, will ich gar nicht wissen, wie es in Schwann aussieht. Aber trotz Ekelwetters und jeder Menge Arbeit werden die Ferien genossen. Hierzu stehen Schlaf, Carolins Party, Schlaf, ein Jamaram-Konzert und Schlaf auf dem Plan.

Hiwi gesucht!
Veröffentlicht am 28. Oktober von ni

Ich konzentriere mich aufs Ferienmachen und komme nicht dazu, das ganze Zeug zu korrigieren, geschweige denn die DUE zu schreiben. Ich sitze in der Sonne (strahlend blauer Himmel!) und shoppe im Internet Weihnachtsgeschenke. Nebenbei lese ich Kino- und Theaterprogramme und kann mich gar nicht entscheiden, wohin ich zuerst gehen möchte. Verspüre nicht die geringste Lust, irgendetwas Sinnvolles zu tun und spiele statt abzuwaschen lieber Jenga mit dem sich ansammelnden Geschirr. Wenn es keine Teller mehr gibt, esse ich eben auswärts. Und wo bleibt eigentlich Christian? Wieso dauern Tischtennisspiele so lange? Ich bin sicher, das ginge auch schneller. Jemand könnte mal dieses Zählsystem überarbeiten.

Ausflug ins Comic-Land
Veröffentlicht am 1. November von ni

Gestern hab ich Hanna in Hamburg besucht und weil das Wetter so schön war, haben wir einen Spaziergang am Wasser gemacht, damit die „Schwestern", für die wir gehalten wurden, dort mindestens drei Hafenrundfahrten ausschlagen konnten, um dann einen total überteuerten, aber unglaublich lecker-schokoladigen Kakao zu trinken. Mit Decke, Sonne und Blick auf Schiffe. Und auf Schülerinnen aus Neuenbürg, die sind echt überall! Die Rückfahrt zu Hannas neuer Wohnung stellte sich als sehr abenteuerlich heraus. Ist ja auch komisch, wenn man erst in die eine, dann in die andere Richtung fährt, aber beide Male Richtung „Schlump". Ohne „f". Es waren viele Halloweenkinder unterwegs und damit sie uns nichts tun, haben wir uns mit Süßigkeiten ausgestattet, die wir jetzt alle selbst essen, weil dann irgendwie plötzlich alle Gruselkinder verschwunden waren. Weil (zurück in Kiel) noch das Schleswig-Holstein-Ticket ausgenutzt werden musste, sind wir in den nächsten Bus gestiegen, der in unserer Nähe hielt. Der fuhr zu Glühwein und Schokoeis, nur leider nicht mehr zurück, da in der Landeshauptstadt ja um 22 Uhr die Bürgersteige hochgeklappt werden. Also gab es noch einen ausgedehnten Nachtspaziergang. Jetzt regnet es und ich fahre nach dieser kurzen Unterbrechung mit meinem Winterschlaf fort.

Jamaram
Veröffentlicht am 3. November von gela

Gestern habe ich endlich mal wieder einen wundervollen Jamaram-Abend verbracht. Das hat so gut getan! Danke an alle Beteiligten! Jetzt folgt ein Schreibtisch-Endspurt (oder -Warmlaufen?) mit Blick auf Regenbogen. Ich brauche mehr Zeit …

Filmreife Zufälle

Veröffentlicht am 6. November von ni

Heute ist etwas Unglaubliches passiert, das man sonst nur aus Filmen kennt! So schön! Hier kurz die Vorgeschichte: Nach dem Abi war ich für ein halbes Jahr in England und habe dort Judith (sprich: „Tschudiff") kennengelernt, mit der ich mir für die Zeit des UK-Aufenthaltes ein Zimmer teilte. Wir verloren uns, obwohl wir uns gut verstanden haben, nach der England-Zeit relativ bald aus den Augen, verschiedene Städte, Entfernung, beide mit dem Studium beschäftigt etc. Ich trat aus diversen sozialen Netzwerken aus, sie hatte ihre Nummer gewechselt und wir haben uns gegenseitig eigentlich schon abgeschrieben. Bis heute! Denn wer steht plötzlich in Karlsruhe an der Ampel? Es war so ein unglaublicher Zufall (Tschudiff nennt es Schicksal), dass wir in der gleichen Stadt in der gleichen Sekunde die Straße überquert und uns deshalb nach sechs Jahren wiedergefunden haben! Und noch ein Zufallsaspekt kommt hinzu: Normalerweise laufe ich ziemlich blind durch die Welt und andere Menschen interessieren mich nur bedingt. Nicht die idealsten Voraussetzungen also, um Leute im Karlsruher Menschengewusel wiederzuentdecken. Momentan bin ich aber gerade auf der Suche nach einer neuen Skijacke und deshalb blieb mein Blick an dieser (scheinbar) fremden Frau hängen, die eine echt kuhle Jacke trug! Mehrere Sekunden starrte ich die Jacke an, ohne etwas zu bemerken, bis mein Blick endlich zu dem zugehörigen Gesicht hinaufwanderte. Wir haben natürlich sofort Nummern getauscht und schon ein Treffen vereinbart, um die „verlorenen Jahre" aufzuholen!

„Immer mitten in die Fresse rein"[12]
Veröffentlicht am 8. November von gela

„Wir sind Stehaufmännchen", meinte Ni gestern auf dem Weg zum Tanzkurs. Wohl wahr! Die erste Schulwoche nach den Herbstferien war kaum zur Hälfte vorbei, als der Stresspegel bereits wieder sein Maximum erreicht hatte. Gut, ich fand die Ferien ohnehin wenig erholsam. Das Arbeitspensum ist zurzeit einfach echt unrealistisch und man kommt auf keinen grünen Zweig. Trotzdem haben wir gestern Abend beschlossen, uns trotz schlimmster Befürchtungen noch einmal zum Tanzkurs zu quälen, um uns nicht vorwerfen zu müssen, wir hätten frühzeitig aufgegeben, statt es noch einmal zu probieren, nachdem die anfängliche Euphorie dank unzulänglicher Tanzpartner schnell verflogen war. – Wir hätten es uns sparen können! Wir „durften" wieder mit den beiden gleichen Deppen tanzen wie immer – nur mit vertauschten Partnern. Das hat aber rein gar nichts besser gemacht. Nis alter und somit mein neuer Tanzpartner war keine 1,70m groß (zur Erinnerung: ich bin 1,86m), hatte keine Ahnung von nichts, aber dafür eine mächtig große Klappe (Kompensation…?!). Verabschiedet hat er sich dann mit einem Bodycheck. Geht's noch?! Aber etwas Gutes hatte das Ganze auch: Von dem krampfhaften Versuch, ihn nur so wenig wie möglich zu berühren, habe ich Muskelkater bekommen … Nis neuer und somit mein alter Tanzpartner hat seinem Ruf ebenfalls alle Ehre gemacht. Sogar die Tanzlehrerin wusste sich irgendwann nicht mehr anders zu helfen, als ihn anzuschreien. Natürlich haben wir wieder jede Gelegenheit genutzt, um aufs Klo zu rennen und uns die Hände zu waschen. Die Blicke der anderen KursteilnehmerInnen schwankten zwischen spöttisch und mitleidig. So viel ist klar – das war's! Wir haben es wirklich versucht und es ist total schade, zumal der Kurs bezahlt ist, der Tanzlehrer super ist und das Tanzen an sich ja auch

---

[12] Die Ärzte: „Schunder Song".

echt Spaß macht. Aber es hilft ja alles nichts. Also ist dieses Kapitel nun abgeschlossen.

PS: Auf dem Rückweg mal wieder einen Fuchs getroffen.

Wochenende!
Veröffentlicht am 16. November von gela

Zu mehr ist der Matschkopf nicht mehr fähig.

200 Jahre Abi!
Veröffentlicht am 20. November von ni

In der heutigen Pädagogiksitzung haben wir gelernt, dass dieser Klamauk im Jahre 1812 zum ersten Mal stattfand. Und wir halten immer noch daran fest. Auch wenn (gefühlt) alle paar Wochen etwas verändert wird in der Bildungslandschaft. Falls wir den Absprung nicht schaffen und in der Schule hängenbleiben, dürfen wir also nach einem Jahr Arbeitserfahrung schon wieder nach einem neuen Bildungsplan unterrichten. Nicht, dass es noch langweilig wird oder so etwas wie Routine reinkommt.

Ansonsten neigt sich das Jahr glücklicherweise dem Ende zu, die letzten Klassenarbeiten sind in Planung, die Unterrichtsbesuche bald alle absolviert (für immer!) und wenn Weihnachten vor der Tür steht, ist das Jahr bald vorbei, wenn das Jahr vorbei ist, dauert der Januar nur noch drei Wochen und dann sind schon die neuen Reffis da! Wenn die erstmal da sind, sind wir schon fast weg, juhu! Es ist also alles absehbar. Ob wir das Ref ohne größere Schäden überstehen, können wir noch nicht absehen, zeigen uns momentan aber optimistisch. Das Ergebnis wird vermutlich kein glorreiches sein, aber ich habe meine Ansprüche mittlerweile auf „durchhalten" und „überleben" runtergeschraubt und das klappt ganz bestimmt! Kino am Sonntag hingegen hat leider nicht geklappt, wir hätten uns zu dritt einen Platz teilen können und sind dann doch lieber auf ausschlafen und Apfelstrudel ohne Rumaroma ausgewichen. Zehn schrecklich einsame Tage liegen nun vor mir, die ich ganz furchtbar dringend dazu nutzen sollte, um all das nachzuholen, was ich in den letzten Wochen verbummelt habe. Während ich mir nämlich die Aufgabenstellung unserer Projektarbeit in Pädagogik bisher nicht einmal durchgelesen habe, liefern andere schon seitenweise Ergebnisse ab, während ich das Buch in Deutsch-Fachdidaktik nicht einmal gelesen habe, reichen andere schon binnendifferenzierte Aufgaben dazu ein, während ich nicht einmal weiß, wann die Lehrprobenzeiträume sind, haben andere schon fertig ausgearbeitete (oder sogar abgesegnete!) Stoffverteilungspläne erarbeitet und während andere, die noch am Anfang ihrer sogenannten Dokumentation einer Unterrichtseinheit (DUE) stehen, ihre Arbeit so gut wie fertig haben, habe ich, deren Einheit schon in dunkler Vergangenheit liegt, noch kein einziges Wort dazu aufgeschrieben. Irgendwo zwischen dieses Chaos müssen wir dann auch noch einen Arzttermin schieben, um unser Blut auf thailändische Hakenwürmer untersuchen zu lassen, bevor sie unser Hirn zerfressen.

Rendezvous mit dem Schreibtisch
Veröffentlicht am 23. November von gela

Wie jeden Freitag bin ich einfach nur völlig fertig und nicht annähernd in der Lage, irgendetwas Sinnvolles zu machen. Aber es wird ja nicht gejammert und umso größer ist die Freude übers Wochenende! Ok, wir verbringen es zwar größtenteils am Schreibtisch, aber wenigstens kommen wir dank Droppie-Besuch zwischendurch etwas an die frische Luft und auch ein Abstecher zu Sarah ist geplant und erhellt die Miene.
Gestern waren wir zum ersten Mal in dem neuen Tanzkurs, in den wir wechseln durften. Insgesamt haben wir es beide besser getroffen, was ja aber auch nicht so schwer war. Nach der Pause war Damenwahl angesagt und ich habe den absoluten Glücksgriff

getan! Guillaume ist Franzose, gutaussehend, nett und kann tanzen! So richtig! Mit Führen und Taktgefühl und so! So macht das Spaß! Nur schade, dass der Kurs erst mitten in der Nacht beginnt und wir beide am nächsten Tag zur ersten Stunde Schule haben.

Saure Regenbogenstreifen
Veröffentlicht am 24. November von ni

Wochenende bedeutet mehr Zeit für Blogeinträge! Ich fürchte allerdings, der Kreis unserer geneigten LeserInnen ist mittlerweile auf eine überschaubare Zahl geschrumpft. Deshalb geben wir uns aber nicht weniger Mühe! Es liegt uns natürlich eine ganze Menge daran, den kleinen Rest bei Laune zu halten. Vielleicht sollten wir das Publikum durch Gewinnmöglichkeiten an uns binden?
Quizfrage: Worauf weist die Überschrift hin?
    a) auf meine Stimmung
    b) auf ein Naturphänomen
    c) auf ein schmackhaftes Chemiegemisch mit Ascorbinsäure und Farbstoff
Die erste richtige Einsendung wird mit einem Schokoriegel belohnt!
Gestern ging unsere heißgeliebte Serie nach der dritten Staffel zu Ende und riss ein tiefes Loch in unseren Alltag. Ich versuche dieses mit anderen Serien zu kompensieren, aber das ist irgendwie nicht das Gleiche. Ich bin gespannt, ob Gelas Geburtstagspaket, das ich ihr bestellt habe, unser Serienloch stopfen kann. Ansonsten begann der Tag heute (viel zu früh!) mit einer aufregenden Wanderung nach Langenalb. Nur LangweilerInnen nehmen ja den direkten Weg, wir wollten schöne Landschaft und wurden mit Eseln, Pferden und viel Matsch belohnt. Als irgendwann das Wasser aus meinen Schuhen schwappte, und Droppie in Streik trat, kam uns der nächste Bus zurück nach Schwann gerade recht.
Wenn ich nicht gerade mit Droppie spiele, Droppie knuddle oder mit Droppie durch den Herbst streife, verbummle ich meine Zeit

mit Weihnachtsgeschenkeshopping im Internet. Um dieses Vorhaben für alle Beteiligten spannender zu gestalten, google ich den entsprechenden Namen (des- oder derjenigen, der/ die beschenkt werden soll) und bestelle das erstbeste Geschenk unter den Suchergebnissen. Das sieht so aus: „Weihnachtsgeschenk für [hier den jeweiligen Namen einsetzen]" in die Internetsuchmaske eingeben und die Entertaste drücken. Bei Peter wurde es dieses Jahr also die Lyrik Roberto Blancos. Vielleicht entdecken auf diese Weise viele Menschen neue Leidenschaften!

Auf ein Neues
Veröffentlicht am 2. Dezember von gela

Die neue Woche steht vor der Tür. Aber es fehlen nur noch drei Montage bis zu den Weihnachtsferien! Und obwohl diese komplett mit Arbeit verplant sind, freue ich mich schon darauf!
Auch dieses Wochenende war schon nah am Optimum. Obwohl ich den Freitag mal wieder verbummelt habe, habe ich meinen eigenen Produktivitätsrekord gebrochen. Keine Ahnung, was da los war. Und obwohl es natürlich nie genug ist, fühlt es sich ganz gut an!
Was ich im Moment nicht so gut ertrage, sind nicht enden wollender Egoismus und prätentiöses Geschwafel von Leuten, die sich gerne selbst reden hören und eigentlich nichts zu sagen haben. Ich weiß, alles eigentlich nichts Neues, aber stellenweise doch gerade mal wieder sehr ausgeprägt und nervtötend.

Pädagogischer Tag
Veröffentlicht am 10. Dezember von ni

Kaum ist der Winter da, geht uns die Schneeidylle auf die Nerven. Fahrradfahren bei diesem Wetter ist echt suboptimal und Busfahren macht mir gar keinen Spaß. Aber wie immer gibt es auch gute

Nachrichten: NUR NOCH 7 TAGE SCHULE! Dem gemeinsamen Jahresausklang mit den KollegInnen werden wir (nach einem Blick auf die Preisliste) wohl eher nicht beiwohnen, uns reicht der kulinarische Reinfall des vergangenen Freitags. Da hatte sich das gesamte Kollegium auf Autos verteilt und ist zum Turnhallenlokal des Nachbarortes geschliddert. Dort gab es dann sündhaft teure Fertiggerichte, die nach genau nichts geschmeckt haben. Ansonsten war unser pädagogischer Tag sehr lustig! Die Inhalte habe ich größtenteils schon wieder vergessen, ich weiß aber noch, dass wir einige Tränen gelacht haben, als uns die Gesundheitsberatungsmenschen erläutert haben, dass wir uns zur Schonung unserer Stimmbänder nicht räuspern dürften, sondern stattdessen zur Lockerung auf und ab hüpfen sollen! Ansonsten wurde uns eine Ernährung mit Smoothies und literweise grünem Tee nahegelegt.
Am Wochenende standen dann vor allem Weihnachtsmärkte auf dem Programm. Für Gela ging es nach Heidelberg, Ni, Christian und Droppie haben Crêpes in Neuenbürg getestet. Jetzt laufen die Vorbereitungen für den ersten Lehrprobenzeitraum, der im Januar beginnt. Davon erwarten uns insgesamt drei, die sich über jeweils etwa eine Unterrichtseinheit erstrecken. Diese muss vorher anhand eines detaillierten Stoffverteilungsplans vorbereitet werden. Welche der so geplanten Stunden tatsächlich besucht wird, erfährt man drei Tage vorher per Post an die Schule, sodass man ununterbrochen auf heißen Kohlen sitzt und zudem nicht das kleinste Bisschen vom Stoffverteilungsplan abweichen darf.
Mit der Gewissheit, dem Schwarzwaldleben bald den Rücken kehren zu können, sehen wir den Schlamassel hier (zumindest zeitweise) auch mit einem lachenden Auge.

Last Unterrichtsbesuch to go!
Veröffentlicht am 13. Dezember von gela

Finally! Wenn ich heute überstanden habe, ist es nur noch eine Woche inklusive Einstand in der Leihklasse. Ok, und 75 Klassenarbeiten, die auf Korrektur warten. Und die DUE natürlich. Und die zu planende Lehrprobeneinheit.

Puh!
Veröffentlicht am 18. Dezember von gela

Heute steht der letzte Seminartag an, was definitiv ein Grund zur Freude ist – ab jetzt haben wir dienstags frei! Außerdem habe auch ich nun endlich meinen letzten Unterrichtsbesuch gerockt und die DUE-Einheit abgeschlossen. Jetzt will die DUE geschrieben werden und weitere 48 Klassenarbeiten warten auf Korrektur. Morgen habe ich noch meine erste Doppelstunde in der Leih-11, in der dann nach den Ferien die 1. Lehrprobe stattfindet. Sehr aufregend, hoffentlich mögen wir uns!
Ansonsten haben wir beschlossen, Brigitte auferstehen zu lassen! Der Tanzkurs ist schon in der Weihnachtspause, aber ich „kann" jetzt neben langsamem Walzer, Foxtrott und Rumba auch schon Tango und Cha-Cha-Cha mit lustigen Spielereien. Der letzte Tanzpartner war aber leider nicht toll und mit Tanzpartner Guillaume schon gar nicht zu vergleichen. Wichtiger war aber, dass ich bei dem blöden Glatteis heile nach Hause gekommen bin – allein in der Nacht gab es in Karlsruhe 50 Unfälle. Unterwegs habe ich den obligatorischen Fuchs vermisst, aber er hat sich durch zwei Rehe entschuldigen lassen.

Wir brauchen den Kontrast, um das Glück zu erkennen
Veröffentlicht am 18. Dezember von ni

Während andere Fachdidaktik-Kurse heute die geistige Dekadenz eingeleitet haben, wurde bei uns von der ersten bis zur letzten Minute kognitiv durchgepowert. Sogar überzogen haben wir, und das ohne Kekse und Pizza! Und da ich ja durch und durch selbstquälerisch veranlagt zu sein scheine, habe ich mir die Mittagspause auch noch mit einem Arzttermin versaut. Jedenfalls wurde mir mal wieder bewusst, wie wahr obiger Titel ist. Bloß nicht die Zeit des Studiums mit der Gegenwart vergleichen. Denn mittlerweile durften wir ja die Erfahrung machen, dass jammern nicht hilft, deshalb wird gleich weiter korrigiert und sich auf Juli gefreut. Das Licht am Ende des Tunnels. Und alles wird auch immer erträglicher, ständig können wieder große Brocken zurückgelassen werden. Sieben Prüfungen in sieben Monaten. Am 14. Januar die erste, juhu! Heute habe ich vier DUEs ausgeliehen, um kurz vor Abgabe auch endlich mal herauszufinden, wie so etwas funktioniert! Zum Glück ist unser Leidensweg von Januar bis Juli gespickt mit netten Momenten. Vor allem die Aussicht auf einen relativ baldigen Jobwechsel stimmt mich optimistisch. Die Institution Schule wird mir von Tag zu Tag unsympathischer. Ich kann mich weder mit dem Ablauf, mit dem Zwang, mit den Noten noch mit sonst irgendetwas anfreunden und bin froh, wenn ich bald nicht mehr dazugehöre, sondern von außen Farbbeutel dagegen werfen darf! Und wer kommt aus der Schule schon gebildet raus? Manfred Spitzer (Psychologe) hat meine Vermutung bestätigt, dass die Kinder und Jugendlichen auf stand by schalten, so lange sie in der Schule sind. Das eigentliche Leben und Lernen beginnt, sobald sie diese verlassen. Aber das kennen wir ja aus eigener Erfahrung. Nur noch zweimal schlafen bis zum nächsten Stückchen Glück im trüben Refmeer, jucheididei!

Es wird Zeit, ...
Veröffentlicht am 31. Dezember von nigela

... das alte Jahr hinter sich zu lassen. Machen wir in dem Fall gerne. Ref ist ein Arschloch. Gut, dass wir uns bald trennen.

¡Hala![13]
Veröffentlicht am 5. Januar von gela

Ok, es ist gerade kein günstiger Zeitpunkt, unvernünftig zu sein und sich eine Nacht im Pforzheimer Nachtleben und den folgenden Tag mit Katerbekämpfungsversuchen um die Ohren zu schlagen. Der DUE und somit meinen Nerven tut das sicher nicht gut, aber mei, alles andere wäre ja schon wieder langweilig. Zumal es sich auch wieder gelohnt hat. Es war an sich schon witzig, aber wie immer sind die Begegnungen das I-Tüpfelchen gewesen: Wir waren keine fünf Schritte aus dem Bus draußen, als uns die ersten Schülerinnen entgegen kamen. Ihr entgeisterter Blick, nachdem sie uns erkannt hatten, war Gold wert. Ich habe noch nicht so oft erlebt, dass jemandem nicht nur im übertragenen Sinn, sondern tatsächlich die Kinnlade runterklappt. Kaum waren wir dann eingekehrt, kam das nächste Schülergrüppchen an uns vorbei. Ich mache mir ernsthaft Sorgen um ihre Blase, denn sie liefen in einer halben Stunde bestimmt viermal an uns vorbei zum Klo ... Außerdem hatten sie einen uns unbekannten Freund dabei, der den schönsten Spaß daran hatte, seine Jungs vor uns zu blamieren, indem er sich möglichst geschickt zum Affen machte. Über Langeweile konnten wir uns nicht beschweren. Trotzdem muss das leider eine Ausnahme bleiben und nun einem hemmungslosen Arbeitsmarathon weichen. Hoffentlich geht das gut.

Update
Veröffentlicht am 13. Januar von gela

Der letzte Eintrag ist schon wieder eine Woche her, Zeit für etwas Neues. So viel Neues gibt es allerdings aus der letzten Woche nicht, weil diese ganz im Zeichen der DUE stand. Die hat es fertig gebracht, uns (und die Mehrheit der anderen Reffis) innerhalb

---

[13] Spanisch für „Sowas!" / „Auf geht's!" / „Los!"

einer Woche schon wieder absolut ferienreif zu machen. Nicht schön! Jetzt ist sie aber gedruckt und morgen wird sie abgegeben. Sie muss nur noch halbwegs gelungen sein, was wir ja alle irgendwie bezweifeln, aber doch inständig hoffen. Aber nichts ist mit Freuen und Ausruhen, denn am Freitag könnten schon die ersten Lehrproben ins Haus stehen – oh oh! Da ich in dieser Hinsicht bisher völlig planlos bin, ist klar, womit ich meinen Sonntag verbringe …

Die Odyssee
Veröffentlicht am 14. Januar von ni

Nach wunderschönem Jahreswechsel im Schnee (Skiurlaub mit Christians Familie, statt fleißiger Arbeit an der DUE), zeigte sich die erste Schulwoche nach den Ferien nicht gerade von ihrer besten Seite. Nach den ersten zehn Schulminuten dieses Jahres (als ich gerade mit Bluterguss am Finger – man sollte die Tür nicht zuschlagen, solange der Finger sich noch zwischen derselben und dem Türrahmen befindet – im Sekretariat verarztet wurde und anschließend dank der Schmerzen keine Neujahrswünsche mehr entgegennehmen konnte), versicherte man mir von mehreren Seiten „es würde besser". Naiv wie ich bin, war ich ebenfalls überzeugt davon. Nur wollte die Besserung einfach nicht eintreten. Meine Tafelanschriebe und Korrekturen an diesem ersten Schultag erledigte ich mit Tränen in den Augen. Nur die Harten kommen in den Garten.
Irgendwie war ich dann am Dienstag immer noch so damit beschäftigt, mich auf meinen Schmerz zu konzentrieren, dass das mit dem Unterricht vorbereiten nicht so recht klappen wollte und ich auf die Idee kam, die Klassenarbeit zurückzugeben und mit den Kindern zu besprechen. Gerade noch rechtzeitig fiel mir auf, dass ich sie noch gar nicht korrigiert hatte. Übrigens habe ich das jetzt (eine Woche später) immer noch nicht.

Dafür habe ich ein Marmeladenglas mit Vodka über zwei Stunden lang in der 8. Klasse stehen lassen, nachdem es für die Einstiegsstunde in die „tschick"-Einheit im Rahmen eines Sinnesparcours' als Geruchsprobe gedient hatte. Ich saß in einer meiner anschließenden Freistunden gemütlich im Lehrerzimmer und war dabei, im Internet zu surfen (Unterrichtsvorbereitung mit Wikipedia), da kam ein Kollege, deutete mit den Worten „Ich habe dir deinen Vodka dahin gestellt" auf meinen Platz und verschwand wieder.

Aber das Highlight der Woche, hinsichtlich meiner Schwachsinnigkeit, war der Freitag! Alles fing damit an, dass die 7er 20% meiner Bestechung im Voraus haben wollten, dafür dass sie in der Lehrprobe gut mitarbeiten und ansonsten die Klappe halten. Der eine fand den Gedanken, dass ich durchfallen könnte, gar nicht so schlimm und meinte: „Dann können Sie ja bei HartzIV-TV auftreten." Dann haben wir einen Film gekuckt, den ich selbst noch nicht kannte (aber ich kam ja nicht einmal dazu, den Unterricht vorzubereiten, da habe ich natürlich auch keine Zeit, mir im Vorfeld Filme über Karl den Großen reinzuziehen). Als ich hinterher im Lehrerzimmer erwähnte, dass der ja nicht so gut sei, war man kollektiv bestürzt, dass ich das mit den Kindern angeschaut habe und Mitreferendarin Carolin erzählte belustigt, dass in den Seminarsitzungen ausdrücklich darauf hingewiesen worden sei, diesen Film nicht zu zeigen. Zu meiner Verteidigung muss ich sagen, dass wir nicht dasselbe Seminar besuchen.

Es ging dann auf den Feierabend zu und ich fing an, mir Gedanken über meinen Heimweg zu machen. Meine freitägliche Mitfahrgelegenheit musste irgendein Volleyballturnier beaufsichtigen und war verhindert. Also wollte ich zum ersten Mal mit dem Schulbus die 3km zurück nach Hause fahren. In der 7. Stunde habe ich die Kinder nach den Fahrzeiten ausgefragt und sie instruiert, mich in ihre Mitte zu nehmen und vor dem Busfahrer zu verstecken, damit ich nichts zahlen muss. Die Stunde endet um 13.50 Uhr und der Bus fährt vier Minuten später vor der Schule ab. Ich hatte die Idee deshalb schon fast abgeschrieben, aber plötzlich stand da noch ein

Bus, als ich aus dem Schulgebäude herauskam, und ich bin schnell hineingesprungen! Leider bog der am Kreisel in die falsche Richtung ab und meine Freude darüber, den Bus bekommen und nicht einmal dafür gezahlt zu haben, war schnell vorbei. Er hielt und hielt dann natürlich auch einfach nicht an. Zu dem Zeitpunkt war aber das Chaos noch nicht perfekt, denn ich habe mich lediglich gefragt, wie ich von dort, wo ich gerade hinfahre, wohl wieder nach Schwann kommen könnte, denn meine Zeit war knapp. Ich hatte nämlich bereits ein Zugticket für 15.37 Uhr gekauft und wollte meinen Bus zum Bahnhof nicht verpassen. In dem Moment kam mir jedoch der Gedanke, dass ich das Zugticket in der Hektik im Kopierraum der Schule hatte liegen lassen. Ich bin dann irgendwo in der Pampa ausgestiegen. Da gab es nichts und es sah ein bisschen aus wie im Mittelalter. Mein Handy hatte ich zu Hause vergessen und ich richtete mich, nachdem ich alle Busfahrpläne zweimal studiert hatte, schon deprimiert darauf ein, die Nacht dort zu verbringen und nicht übers Wochenende nach Langenhain zu fahren. Ich habe dann Einheimische gefragt, ob es eine Möglichkeit gibt, von dort (wo auch immer das nun war) nach Neuenbürg zu kommen. Sie konnten mir aber auch nicht weiterhelfen. Die einzige Möglichkeit wäre gewesen, eine Dreiviertelstunde auf einen Bus zu warten, der nach Pforzheim fährt, um von dort aus wieder eine halbe Stunde zurück nach Neuenbürg zu fahren und dann wieder vor dem Problem zu stehen, nicht von der Schule nach Hause zu kommen. Also habe ich den Daumen rausgehalten und bin zurück zur Schule getrampt. Ging ganz gut. Letztlich musste ich also doch laufen, das hätte ich auch einfacher haben können.

Das Wochenende war dann noch ganz nett. Meine Cousine steckt in einem Walkostüm, das sie nicht ausziehen kann, und Droppie hat gelernt, wie man ohne Stuhl auf den Tisch kommt.

Heute habe ich dann meine verkorkste DUE (ohne Schluss, dafür mit Rechtschreibfehlern) abgegeben und hoffe, dass es für ein „Bestanden" reicht. Zur Feier des Tages sind wir deshalb für 9 Euro beim Friseur gewesen. Gela hat eine riesen Kante bekommen und bei mir ist es gar nicht so schlimm. Ich glaube, die Besserung ist mit Verspätung eingetroffen, wir befinden uns auf dem aufsteigenden Ast!

> *andre sagte am 14. Januar um 10:27 nachmittags :*
> *Ojeeeeeeeeeeeee! Ich schicke dir in Gedanken eine Riesen-Milka-Daim und eine 1000er-Packung Kinder-Country, die dich über DAS ALLES hinwegtröstet. Alles geht vorbei ... sagt der, der erst vor einer Woche mit dem Quatsch begonnen hat.*

So viel Schnee!
Veröffentlicht am 17. Januar von gela

Oh oh, der Winter scheint angefangen zu haben. Das gefällt mir gar nicht. Es reicht jetzt auch mal wieder. Auch vor dem Hintergrund, dass ich heute mitten in der Nacht (wo ich so gerne schlafen würde) zum Tanzkurs und (hoffentlich) zurück gurken werde. Was tut man nicht alles. Im Moment sitze ich in meine Profi-Kuscheldecke (Decke mit Ärmeln) gehüllt an der Unterrichtsvorbereitung für morgen und habe keine Lust mehr. Jemand möge mir geniale Einfälle schicken!

Winterödnis
Veröffentlicht am 20. Januar von ni

Mir ist so entsetzlich langweilig! Nicht, dass ich nicht genug zu tun hätte, aber auf all das, was ich zu tun hätte, habe ich natürlich keine Lust. Wenn man die Wahl hat zwischen:
1) Unterricht für die 7. Klasse vorbereiten,
2) Unterricht für die 8. Klasse vorbereiten und
3) Unterricht für die 10. Klasse vorbereiten,

hält sich die Abwechslung in Grenzen. Ich würde mich so gerne irgendwie ablenken … mit einem tollen Ausflug zum Beispiel! Außerdem habe ich Lust, Apfelstrudel zu backen, dafür braucht man aber Zutaten und die habe ich nicht. Draußen ist es furchtbar glatt und nicht einmal Droppie hatte heute sonderlich viel Spaß am Spazierengehen. Hoffentlich habe ich diese Woche Lehrprobe, dann passiert endlich etwas.

YEHA!
Veröffentlicht am 26. Januar von gela

YEHA YEHA YEHA! Wir haben gestern beide unsere erste Lehrprobe überlebt! Details würden hier den Rahmen sprengen, aber es zählt ja eh nur, dass es überstanden ist!
Danach habe ich mir einen Friseurbesuch gegönnt, bei einem richtigen Friseur, wo man mit Namen angesprochen und so richtig beraten wird. Und die eigene Meinung spielt auch noch eine Rolle! Der Horror vom letzten Mal ist vergessen und wenn ich jetzt auch noch meine eigene Haarfarbe wiederhabe, ist alles wieder einigermaßen gut.

Kurzurlaub!
Veröffentlicht am 27. Januar von ni

Nachdem vier von uns fünf Neuenbürg-Reffis letzte Woche erfolgreich die erste Lehrprobe hinter sich gebracht hatten und wir es auf wundersame Weise alle geschafft haben, rechtzeitig alle Noten für die Halbjahreszeugnisse einzutragen, war am Wochenende Erholung angesagt! Irgendwie war die neunstündige Fahrt in meine zukünftige Heimat Kiel nicht ganz so entspannend, wie ich es mir erhofft hatte, aber gleich nach der Ankunft begann das Wochenende mit weltbestem Sandwich in weltbestem Lieblingslokal. Dann wurde ganz viel geschlafen, am nächsten Tag kurz zum Frühstücken aufgestanden, dann weitergeschlafen, dann Film geschaut. Um 17 Uhr gab es Mittagessen und anschließend ging es nach Scharbeutz in die Ostseetherme. Sie kommt nicht ganz ans Miramar heran (vor allem die Platzierung der Duschen erschien uns irgendwie unsinnig), aber die Rutsche toppt alles! Richtig abgefahren ist es, bei -6°C durch die dunkle Nacht zu rutschen. Mal ist es stockfinster und hinter der nächsten Kurve leuchten plötzlich wieder bunte Lichter. Manchmal blinken die auch hektisch! Allerdings waren wir von dieser Rutsche schon so maßlos beeindruckt, dass wir uns auf die für Erwachsene erst gar nicht drauf getraut haben. Aber einfach nur mehr oder weniger senkrecht irgendwo hinunter zu rasen ist ja auch nicht so lustig wie die vielen Kurven mit ihren blinkenden Lichtern.

Das Erholungswochenende war dringend notwendig, denn die neue Woche bringt nicht viel Gutes. Der Montag beginnt mit der Nervklasse Nummer 1 und mündet in einen Zeugniskonferenzmarathon. Alle Klassen werden von 14-18.30 Uhr nacheinander abgehandelt. Am Dienstag wollte ich eigentlich Unterricht vorbereiten und mir meine längst überfällige Hepatitisimpfung beim Arzt abholen, aber daraus wird wohl nichts, es ist nämlich „Wintersporttag" und ich wurde zwangsverpflichtet, mit 76 Fünft- und SechstklässlerInnen Schlitten fahren zu gehen. Olé!

Sollte ich das ohne größere Schäden überstehen, verläuft der Mittwoch ziemlich normal und wir haben Gelegenheit, uns mental auf die Konferenz am Donnerstag vorzubereiten. Die beginnt erfreulicherweise schon um 14 Uhr und wir sind guter Dinge zwischen 16 und 17 Uhr nach Hause zu kommen. Dann heißt es: Kuchen backen! Den hat sich die 7a mehr als verdient. Während der Kram im Ofen ist, muss ich eilig zu dem Wunschthema der Kinder recherchieren und ein paar Arbeitsblätter erstellen: Foltermethoden im Mittelalter. Ich tendiere zu praktischen Übungen. Wo bekommt man bloß so große Räder her?

Leider ist die Woche damit noch immer nicht zu Ende. Die Oberschleimer-Reffis aus Schwann haben es sich natürlich nicht neh-

men lassen, Aufsicht bei der Schulfaschingsparty zu führen, sodass das Wochenende diesmal erst am Samstagmorgen beginnt. Und zwar sehr früh mit einer Reise in den Main-Taunus-Kreis, wo mich das frisch geschlüpfte Kind meiner Cousine und die Science Slamer der Uni Frankfurt erwarten.
PS: Nur noch zwei Wochen bis zu den Faschingsferien!

Rodelbericht
Veröffentlicht am 29. Januar von ni

Von wegen Schlitten fahren mit 76 Kindern! Es hat natürlich nicht nur geregnet, sondern auch noch wie wild gestürmt, sodass weder Radfahren noch Wandern stattfanden und Schlittenfahren schon gar nicht. Alle Kinder wuselten dann also wild in der Schule durcheinander. Mit Schlitten unterm Arm. Die Schlittschuhkinder standen zu der Zeit schon eine Dreiviertelstunde an der Haltestelle und warteten auf den Bus zur Eishalle, der aber nicht kam. Plötzlich wurde mir hektisch eine Liste in die Hand gedrückt, der elf Kinder folgten, und ich bekam den Auftrag, zum Bus zu rennen. Mit den Kindern im Schlepptau beim Bus angekommen, wurde mir dort natürlich verkündet, es gebe keine Plätze mehr. War aber egal, wir mussten ja anscheinend nun unbedingt da hinein, also quetschten wir uns noch dazu. Nachdem der Bus losgefahren war und meine Kinder halbwegs sicher standen, habe ich mich erkundigt, wohin wir überhaupt fahren. Ziel: Eissporthalle Pforzheim. Aha. Natürlich hatten die Kinder weder Geld noch Schlittschuhe dabei, sie waren ja, wie ich, aufs Rodeln eingestellt, doch irgendwie bekamen wir das organisiert. Als wir in der Halle eintrafen und sich dort 15-20 weitere LehrerInnen langweilten, fing ich an zu hinterfragen, weshalb es jetzt sooo wichtig war, dass ich unbedingt auch noch da herumstehe und mich langweile. Hierzu ein passendes Zitat eines Kollegen: „Bei solchen Veranstaltungen hat man als Referendar(in) immer irgendwie den Eindruck, man könnte die Zeit auch sinnvoller nutzen, aber das vergeht mit der Zeit." Da diese Zeit bei mir offensichtlich noch nicht gekommen ist, war die Sinnlosigkeit der ganzen Aktion nur schwer zu verkraften. Immerhin gab es überteuerte Pommes.

Um den Tag zu retten, wollte ich anschließend wenigstens mein Fahrrad zur Reparatur bringen, doch dort wurde ich nach Pforzheim verwiesen, in Conweiler sei man ausgelastet. Wie soll ich mein kaputtes Fahrrad bis nach Pforzheim und zurück transportieren, wenn die Busfahrer keine Fahrräder im Bus dulden? Eigentlich sollte ich ja jetzt zum Impfen, bei dem bisherigen Verlauf des heutigen Tages bin ich allerdings am Überlegen, ob es nicht geschickter wäre, einfach ins Bett zu gehen, um weitere Katastrophen zu vermeiden.

Die Irren sind los!
Veröffentlicht am 2. Februar von nigela

Gut, das mag etwas relativ Alltägliches hier sein, aber gestern sah man es uns sogar auf den ersten Blick an. Wir hatten selten so viel Aufmerksamkeit von SchülerInnenseite. Da wurde durchaus hemmungslos gestarrt, die Kinnlade fiel runter (doch, das hatten wir schon einmal) und es wurde sogar mit dem Finger auf uns gezeigt. Offenbar waren die aufsichtführenden LehrerInnen der Faschingsparty bisher immer unverkleidet erschienen, sodass unser Aufzug durchaus Starpotenzial hatte:

Es war aber tatsächlich eine sehr lustige Sache. Auch manche Kinder waren wirklich interessant verkleidet (andere weniger, die Hotpants ließen sich nicht an zwei Händen abzählen), die Musik hatte zwischenzeitlich kurze Höhen, die Tanzstile variierten von Breakdance bis Aerobic und auch die zwischenmenschlichen Geschichten waren durchaus interessant zu beobachten.

Hilferuf!
Veröffentlicht am 5. Februar von gela

Wie bewirbt man sich eigentlich *richtig*? Die Informationen diesbezüglich sind so widersprüchlich, ich habe keinen Durchblick mehr… Soll das Motivationsschreiben möglichst knapp sein und nur beinhalten, weshalb man den Job will oder soll man da schon versuchen, sich vorzustellen, sich zu verkaufen und seine Vorzüge zu betonen (natürlich individuell, authentisch und ohne abgedroschene Phrasen)? Und legt man da Arbeitszeugnisse und Referenzschreiben bei, die belegen, dass man die geforderten Kompetenzen mitbringt oder lässt man die weg, weil man sich damit nur lächerlich macht, sie keinen interessieren und es aussieht, als könnte man nicht selbst überzeugen?

> *hanna sagte am 5. Februar um 1:20 nachmittags:*
> *Also hinsichtlich der Arbeitszeugnisse würde ich immer alles beilegen, was man hat, bzw. was sich gut macht; also Praktikumszeugnisse, Seminarteilnahmescheine, Bestätigungen von Zusatzqualifikationen, Empfehlungsschreiben etc. Ich glaube, damit kann man sich nie lächerlich machen, sondern zeigt dadurch, was man schon alles gemacht hat und dass man das sozusagen beweisen kann.*

Gemütliche Weltuntergangsstimmung
Veröffentlicht am 5. Februar von ni

Oh, ist das schön! Heute ist schulfrei und ich liege immer noch kuschelig im Bett herum und freue mich über das Schoki-Carepaket aus Hamburg (besten Dank an Hanna)! Eigentlich hatten wir heute Großes vor, nämlich einen Ausflug nach Karlsruhe, um so unsere Zukunft durch heiße Bewerbungsfotos zu sichern. Aber das ist viel zu viel Action und wurde zunächst zugunsten des Gammelns verschoben. Das macht bei Schnee, Hagel und Sturm ganz besonders viel Spaß.

„Life hasn't been very kind to me lately ..."
Veröffentlicht am 7. Februar von gela

… singen Anthony Hamilton und Elayna Boynton. Da ist leider etwas dran, aber das heißt ja auch, dass es fast nur besser werden kann. Das Hamsterrad dreht sich, heute steht nach dem Unterricht noch die GLK an, evtl. heute Abend ein Besuch beim Schulkonzert, morgen noch einmal vier Stunden und dann sind zum Glück Ferien. Das heißt Korrekturen, Stoffverteilungsplan schreiben (den letzten!) und die nächste Lehrprobeneinheit so weit wie möglich vorbereiten. Nebenher um die Zukunft kümmern, die derzeit noch absolut ungewiss ist, was nicht unbedingt zur Entspannung beiträgt. Der Mangel hieran schlägt sich bei mir gerade in einer seit vier Tagen andauernden Migräne nieder, was wirklich niemandem zu wünschen ist. Aber auch wenn ich mich wiederhole: Wir wissen ja, dass Jammern nicht hilft und deshalb werden die Zähne zusammengebissen und nach vorne geschaut. Ferien sind besser als Schule. Ref-Ende ist besser als Ref-Anfang. Und es geht ja weiter: „In time the sun's gonna shine on me nicely."

Is this town a village?
Veröffentlicht am 8. Februar von gela

Frau Holle ist eine alte Streberin. Zeit, mal wieder die Füße still zu halten! Wo ist der Frühling???
Wenigstens die Ferien sind nun da! Der Tag hat noch den ein oder anderen Frust gebracht: Die Spanisch-8er nach dem Test: „‚Öffnet eure Bücher' hatten wir noch nicht!" Nee genau, das sage ich ja nur fünfmal am Tag. Die Spanisch-10er schreiben mir indes nach drei Jahren Spanischunterricht immer noch französische Wörter auf (besser als gar keine) und beweisen immer wieder gerne, dass ich auch chinesisch reden könnte und nicht viel weniger ausrichten würde. Aber doch, ich mag sie trotzdem!
Und nun habe ich meinen endlosen Papierwust beseitigt, mache mir gleich einen schönen, gemütlichen Entspannungsabend und starte morgen frisch und voller Tatendrang in die Intensivarbeitsphase. (Witzig, ich habe mich zuerst verschrieben und „Entspannungsarbeit" statt „-abend" geschrieben. Ob das wohl etwas aussagt?)
Vorher steht noch ein Bewerbungscamp-Brunch an, bei dem hoffentlich die hartnäckigen Zweifel ausgeräumt werden können, bevor wir dann unser Glück versuchen. Neues Problem: Niemand verlangt mehr explizit nach einem Bewerbungsfoto. Aber wandert die Bewerbung vielleicht trotzdem in den Müll, wenn keines dabei ist? Oder ist das *wirklich* egal? Eine Wissenschaft für sich ...

Liebes Online-Tagebuch
Veröffentlicht am 14. Februar von ni

Das Wetter ist so wunderschön! Und ich habe nichts davon. Starre immerzu auf die leere Tabelle, in der nach mittlerweile drei Tagen endlich ein Unterrichtsverlauf stehen sollte. Geschichte ist doof, Schule ist doof, Ref ist doof und Lehrproben sind ganz besonders doof. Ich dachte ja, dass man innerhalb einer Woche so eine komische Einheit vorbereiten kann. PUSTEKUCHEN. Für die Antike fehlen mir die Ideen (ich kann nicht auf andere Inhalte ausweichen, weil ich durch meinen Titel das Thema unfassbar stümperhaft blöd eingegrenzt habe), im Mittelalter sagt mein Titel zwar nichts aus, was gut ist, aber leider fehlen mir da die Quellen. Alles, was es gibt, ist logischerweise auf Latein. Und Latein verstehe ich nicht.

Das heutige Abendprogramm besteht also aus einer Exkursion in die Kieler Unibibliothek, in der Hoffnung, dass da etwas Brauchbares zu finden ist. Aus dem Verfassen eines Stoffverteilungsplans wurde bisher natürlich auch nichts. Aus der Geschichtsdepression heraus sollte dafür der Titel der Deutsch-Lehrprobeneinheit irgendwas mit „Glück" zu tun haben. Ich kann aber die Details nicht planen, da ich alles Wichtige nicht dabeihabe und die E-Mailadresse von dem Kollegen mit den zwei wesentlichen Kurzgeschichten zum Thema Glück auch nicht. Deshalb als Übersprungshandlung eine Palette Schokoladenosterhasen gekauft. Leider aus Frust schon 2/3 aufgegessen. Es ist nicht gut, den ganzen Tag die leere Tabelle anzustarren und dabei kiloweise Schokolade und Pizza zu essen. Bald muss man das Dach aufschneiden und mich mit einem Kran herausheben. Durch die Wohnungstür passe ich jetzt schon nur noch knapp. Ansonsten gestaltet sich nicht nur die Planung der Lehrproben, sondern auch die Job- und Wohnungssuche als schwierig, sodass ich nun erst einmal Festival- und Segelurlaube plane. Das bisherige Wochenhighlight ist aber, gefolgt von winzigen Zwillingen unserer Bekannten, zweifelsfrei mein neues Skioutfit! Die orangefarbene Hose im Müllmannstyle gehört mir nur partiell und steht mir lediglich im Rahmen der Winterurlaube zur Verfügung, die Jacke kann ich dafür 24h am Tag und 365 Tage im Jahr tragen!

Der blaue Schokohase da vor mir lenkt mich so vom Tippen ab, ich kann mich einfach nicht mehr konzentrieren.

Der Wahnsinn greift um sich ...
Veröffentlicht am 16. Februar von gela

... mit glühenden Krallen.[14] Nachdem ich die letzte Woche mit Schmerzmitteln zugedröhnt im Bett verbracht habe (ja, schöne Ferien), versuche ich nun pünktlich zu Schulbeginn, wieder auf die Beine zu kommen. Ich habe natürlich nichts geschafft und nun wird es – zur Abwechslung wieder einmal – eng. Dabei hatte ich mir die Ferien so schön vorgestellt ... Naja, es hilft ja alles nichts, ich war ja auch schon echt lange nicht mehr krank (höhö), war klar, dass das irgendwann (genauer: in irgendwelchen Ferien) kommt. Leider werde ich auch die verbleibende Zeit nicht wirklich nutzen können, da morgen eine sechsstündige Go Ahead!-Konferenz ansteht, die auch noch vorbereitet werden will.

Countdown
Veröffentlicht am 19. Februar von ni

Bald haben wir es geschafft! Wenn der Lehrprobenzeitraum rum ist, sind es nur noch 24 Tage bis zum Ende des Prüfungszeitraumes! Nach den Prüfungen sind es noch 80 Tage bis zu meinem Umzug, aber davon kann man noch zwei Wochen Ferien abziehen. Also nur noch 65 Tage. Ich weiß leider nicht, ob und was ich danach arbeiten werde und die vielleicht schönste Wohnung Kiels haben wir nicht genommen, weil uns das Bad nicht gefallen hat. Aber wir haben ja noch all die oben aufgezählten Tage Zeit für die Job- und Wohnungssuche.
Die Schwannsituation ist schlimm wie nie. Der Winter nimmt kein Ende. Obwohl der Schnee nie richtig weg war, hieß es nun, der Wintereinbruch stehe noch bevor! Frost. Kalt. Schnee. Hinzu kommt der mangelnde Kontakt zur Außenwelt. Das Telefon funktioniert nur bedingt und das Internet so gut wie gar nicht. Um

---

[14] Vgl. E.T.A. Hoffmann: „Der Sandmann".

Emails zu verschicken, muss man sich den halben Nachmittag freinehmen und ob dieser Artikel jemals online erscheinen wird, steht in den Sternen.

Den Elternsprechtag haben wir ohne größere Zwischenfälle überstanden und um 20.30 Uhr sind wir schließlich mit Kopfschmerzen aus der Schule gekommen. Die sind immer noch nicht weg und behindern mein Unterrichtsentwurfschreiben. Die Dose Sekt hat auch nicht geholfen, ich bin über das leere Blatt noch nicht hinaus.

Gestern haben wir die beiden besten Skispringer von ganz Schwann – unsere Nachbarskinder – im Wohnzimmer beherbergt. Sie hatten sich ausgesperrt und waren auf Obdach angewiesen.

In meiner Lehrprobenpanik habe ich ein teures Buch bestellt, das sich nun leider als nutzlos herausstellte. Werde versuchen, es zurückzugeben.

Von Grippe, Schnee und Montagen
Veröffentlicht am 25. Februar von ni

Das Schlimmste ist geschafft – der Montagsunterricht! Um uns von dem anstrengenden Montag zu erholen, haben wir diesmal dienstags frei und am Mittwoch ist ja dann schon fast Wochenende. Natürlich habe ich wieder die Hälfte vergessen und muss gleich nochmal in die Schule. Aber Gassigehen steht ja ohnehin auf dem Plan und mit einem Ziel macht das Ganze doch gleich viel mehr Spaß! Wenn in der Schule alles geklärt ist, werden neue Grippewaffen gekauft, denn der Kampf ist leider noch nicht gewonnen.

Heute Abend wird die kleine Droppie wieder abgeholt. Dann freut sich niemand mehr, wenn der neue Tag anfängt und niemand hyperventiliert vor Freude, wenn wir mittags aus der Schule nach Hause kommen. Übrigens freut sich Droppie bei jedem Spaziergang erneut über den Schnee, als wäre es der erste in diesem Jahr. Im Gegensatz zu uns. Wir hätten jetzt gerne Frühling. Nicht nur, weil mit ihm das Ende der Prüfungszeit naht. Noch 25 Tage bis zu den Osterferien! Noch zwei Wochen bis zum Ende des aktuellen Lehrprobenzeitraumes!

Frühlingsschimmer
Veröffentlicht am 1. März von gela

Und wieder ist Wochenende – zum Glück! Es begann mit dem Schock, offenbar eine Klassenarbeit verschlampt zu haben, die noch nie jemand außer mir gesehen hat und die nicht besonders gut war… Zum Glück hat sie sich wieder angefunden!
Das Wochenende wird nun zum Ausruhen genutzt, aber auch zum Putzen, Arbeiten und erfreulicherweise zum Frühlingsgrillen! Angesichts dessen, dass draußen gaaanz langsam die Schneemassen weniger werden und ich wild entschlossen bin, den Frühling kommen zu sehen, ist auch leichter Optimismus vorhanden.

Panta rhei
Veröffentlicht am 3. März von gela

Juhu juhu juhu! Heute ist schon der zweite Tag in Folge, an dem die Sonne scheint! Bei blauem Himmel! Das gab es ja ewig nicht. Nicht, dass ich von meinem Schreibtisch aus viel davon hätte, aber ich finde es trotzdem schön. Und die Vögel zwitschern! Herrlich! Den dazugehörigen Frühjahrsputz habe ich auch hinter mir, jetzt müsste nur noch der große Produktivitätsdurchbruch in der Unterrichtsvorbereitung folgen und alles wär nahezu perfekt. Ich arbeite dran.

¡Muy buenos días, amad@s lectoras y lectores!
Veröffentlicht am 5. März von gela

Ich bin zwar völlig übermüdet (böser Wecker), aber dafür habe ich tatsächlich heute Morgen schon den Unterricht für Mittwoch und Donnerstag vorbereitet, sodass mir jetzt nur noch ein Diktat für die 8er fehlt, bevor ich unbeschwert den Anruf entgegen nehmen kann, der mir verkündet, dass ich am Freitag Lehrprobe habe. Dafür habe ich zwar bisher noch rein gar nichts, aber wenn alles andere vorentlastet ist (böse Fachdidaktik), kann ich mich ja voll darauf konzentrieren. Mal sehen, ob es hilft. Das Allerschönste ist aber, dass ich aus meinem Fenster in einen strahlend blauen Himmel schaue und auf eine gelbe Hauswand, die von der Morgensonne angestrahlt leuchtet. Das Schokoeis wartet bereits im Gefrierschrank auf seinen Einsatz als Eischokolade auf dem Balkon ☺
PS: Doch keine Lehrprobe am Freitag. Bleibt also nur noch der Montag, dann wieder zeitgleich mit Ni.

Ich bin ein Nudelkloß
Veröffentlicht am 6. März von ni

Ich habe versucht den Ref-Frust in Spaghettibergen zu ersticken. Nix passiert. Mir wurde nicht einmal schlecht. Wir sind Untergeschoss. Ich rieche auch keinen Sieg. Ref ist so scheiße, in Worten nicht auszudrücken. Ich weiß ja, wie der Weg zum Erfolg aussieht (eben nicht gerade), aber irgendwie finde ich mich auf dem verworrenen Pfad momentan nicht sonderlich gut zurecht. Von der Unterrichtsvorbereitung habe ich vorerst Abstand genommen. Heute haben wir in der Schule (mangels Vorbereitung) 90 Minuten Parlamentbank gespielt. Die Kinder haben drei Erklärungsanläufe und eine Proberunde gebraucht, bis ich das Spiel endlich kapiert hatte, aber dann ging es ganz gut.
Der Hintern tut weh vom vielen Sitzen. Bei Gela sind es die Ellenbogen. Sie muss sich nämlich immer aufstützen, um nicht vorn-

über zu kippen. Zwar stehen uns goldene Zeiten bevor (Ferien, Europapark, Frühlingsjoggen), aber der Glanz kommt gerade noch nicht wirklich bei uns an, der Refnebel nimmt uns die Sicht. Die Hindernisse in unserem Weg erscheinen aus momentaner Perspektive unüberwindbar. Man muss gestehen: Wir sind voll die Pussys. Andere Reffis promovieren nebenher, ziehen Kinder groß oder machen noch ihr erstes Examen. Wir machen nur das Ref und das ist uns schon zu viel. Im Panikschieben sind wir die Obermeisterinnen.

Weil mir eh kein Unterricht mehr einfällt, kann ich jetzt auch DVDs gucken. Gela nehme ich mit. Wäre ja schade, wenn sie sich selbst im Weg stehen müsste, das nehme ich ihr lieber ab.

Ödepropöde
Veröffentlicht am 10. März von ni

Verregneter Sonntagnachmittag. Es ist viel zu tun, aber leider bin ich total antriebslos. Ich habe keine Lust Unterricht vorzubereiten, keine Lust zu korrigieren. Vielleicht wäre es gut, mir einen Zeitplan für die morgige Lehrprobe zurechtzuschneidern. Ich habe aber keine Lust. Außerdem habe ich schon alle Schokolade und alle Nüsse aufgegessen und alle aktuellen Stellenausschreibungen durchgelesen. Kann ich alles nicht, was da verlangt wird. Und der Bewerbungsaufwand schreckt mich jedes Mal ab. Und ich habe immer noch keine Bewerbungsbilder. Würde gerne etwas Unterhaltsames schreiben. Es ist aber nichts passiert. Gestern war der Vermieter da. Vorher habe ich versucht, mit Kreidespray Brandflecken an meiner Dachschräge zu beseitigen.

Mag jemand vorbeikommen und die Geschitests der 8. Klasse korrigieren? Ich muss jede Antwort googlen, um sicherzustellen, dass sie nicht vielleicht doch stimmt. Noch zwei Wochen bis zu den Ferien. Wenn wir morgen überleben, bin ich sicher, den Rest auch durchzustehen. Aber jetzt gerade bin ich am absoluten Motivationstiefpunkt angelangt. Grandiose Lichtblicke der kommenden

Woche: Dienstag Bibliotheksbesuch in Karlsruhe, Mittwoch frei! Leider weiß ich noch nicht, ob ich am Mittwoch etwas Schönes machen kann oder ob ich da die Lehrprobe für Donnerstag vorbereiten muss. Das erfahre ich morgen. Es bleibt spannend an der Lehrprobenfront und wenn wir morgen nicht durchfallen, ist ein Ende absehbar!

Paaaaaaaaaaaaaarty
Veröffentlicht am 11. März von nigela

Palmen und Weiber ohne Bier! Nigela haben die zweite Lehrprobe erfolgreich hinter sich gebracht und harren der dritten. Jetzt gibt es einen entspannten Abend mit Filmen, Eisschokolade und einem gekochten Ei!

Liberation now!
Veröffentlicht am 13. März von ni

Heute ist Schule, aber ohne mich! Ein sehr merkwürdiges Gefühl. Die 8. Klasse macht heute einen Ausflug im Rahmen des Reli-Unterrichts und die 10. Klasse schreibt eine mehrstündige Klassenarbeit und Ni hat frei! Ich sitze deshalb entspannt zu Hause und höre die „Songs zu Frauenrechten und -kämpfen", die eigentlich letzte Woche hätten ankommen sollen. Habe die CD bestellt, weil ich ein Lied daraus als Einstieg für meine Lehrprobenstunde verwenden wollte. Aber die musste ich, aufgrund der CD-Verspätung, ohne musikalischen Einstieg stemmen. Habe eben einen kurzen, erfrischenden Schneespaziergang gemacht und nun geht es los mit der Unterrichtsvorbereitung, damit das wenigstens gemacht ist, falls morgen wieder Lehrprobenpost kommt! Nur noch neun Tage bis zu den Ferien! Und „unter dem Pflaster liegt der Strand".[15]

---

[15] Angi Domdey: „Unter dem Pflaster liegt der Strand".

Was will das Weib? – Alles!
Veröffentlicht am 16. März von gela

Woran liegt es eigentlich, dass die Welt an allen Ecken und Enden so ungerecht ist? Wer hat sich das ausgedacht? Immerhin scheint die Sonne (vielleicht/hoffentlich sind die letzten Schneereste dann auch bald weg) und nach dem gestrigen Friseurbesuch ist auf meinem Kopf auch schon Frühling, wenn nicht sogar Sommer! Die letzte Woche vor den Ferien lässt sich bestimmt auch noch irgendwie überleben und immerhin rückt das Ende in immer greifbarere Nähe und die Freude darüber/darauf wird immer größer! Wenn es doch nur schon so weit wäre! Dafür geht es dann in den Ferien mit Jamaram auf Tour – ein Lichtblick!

Aloha, das war's!
Veröffentlicht am 21. März von ni

Alle meine Lehrproben sind vorbei! Aber ich freue mich nur ganz verhalten, denn Gela ist morgen erst dran. Nur noch einen Tag Schule, dann sind Ferien! Partyparty! ☺

Ferien, Tag 1
Veröffentlicht am 23. März von ni

Die lang ersehnten Ferien sind endlich da! Und wie sich das gehört, bin ich noch immer im Schlafanzug, habe den ganzen Tag noch nichts gemacht, außer meiner Online-Pizzabestellung. So etwas mache ich natürlich nicht per Telefon, da müsste man ja mit Leuten reden. Für die Frankfurter Dippemess (Kirmes) ist mir das Wetter zu schlecht, bevorzuge also das kuschelige Bett und vertreibe mir die Zeit mit dem Lesen alter Tagebücher. Witzig, was einen in der 7. und 8. Klasse so beschäftigt hat. Also eigentlich nur Pferde und die Hässlichkeit der neuen Sandalen, die man von

Mama aufgeschwatzt bekam. Bin guter Dinge, mich morgen aufraffen zu können und es bis zum Spieleabend zu schaffen.

Ferien, Tag 2
Veröffentlicht am 24. März von ni

Juchuuu, supersonniges Frühlingswetter! Zumindest durch die Scheibe betrachtet. Leider reicht das Droppie nicht, sie will sich das Wetter unbedingt auch von der anderen Fensterseite ansehen. Heute bin ich schon um kurz vor 12 Uhr aufgestanden! Habe die Wohnung geputzt, den Schrank entrümpelt, bin spazieren gegangen, habe sogar geduscht und gekocht, wow! Wenn das kein erfolgreicher Tag war! Nun noch einmal schnell durch die Sonne laufen (wer weiß, wie lange sie uns noch beehrt) und dann fahren Droppie und ich in netter Begleitung zum Spielen! Der morgige Tag startet weniger erfreulich, um 8.30 Uhr werde ich schon auf dem Zahnarztstuhl liegen, um danach mindestens 6 Stunden im Auto zu verbringen, pfui!

Ferien, Tag 3
Veröffentlicht am 25. März von ni

Strahlender Sonnenschein und mittlerweile sogar schon 2,5°C! Der Tag begann nach einem aufschlussreichen „Therapy"-Abend ekelhaft früh für einen Ferientag, um 7 Uhr! Dann hieß es aufräumen, Kram packen und zum Zahnarzt rennen. Weil ich mal wieder viel zu knapp losgelaufen bin, kam ich völlig abgehetzt dort an. Den Rest meines dortigen Aufenthalts mit vielen Spritzen, einer unfähigen Helfertussi und der Erfahrung, fast am eigenen Zahn erstickt zu sein, führe ich lieber nicht aus. Mittlerweile geht es aber schon wieder, die Betäubung ist vollständig weg (ich spüre meine Nase wieder!) und obwohl der Arzt gesagt hat, dass ich zwei Wochen lang Schmerzen haben werde, halten sie sich in Grenzen. Nach dem Zahnarzt wurde das Auto bepackt und wir sind völlig staufrei bis nach Kiel gerast. Dort waren wir in der Stadt etwas essen, Windowshopping betreiben und Zutaten für Eisschokolade kaufen. Es ist ja nicht kalt genug. Für Ostern bisher noch keine konkreten Pläne geschmiedet. Die Flüge nach North Carolina waren alle zu teuer und das mit dem Ausritt am Strand verschieben wir wohl vorerst wegen Kälte und Schnee und machen uns auf dem Sofa warme Gedanken.

Ferien, Tag 4
Veröffentlicht am 26. März von ni

Es ist 15.52 Uhr und ich liege immer noch im Bett. Bin nicht sicher, ob es sich überhaupt noch lohnt aufzustehen. Habe den gesamten Vormittag damit verbracht, Stellenausschreibungen zu lesen. Das hat mich so sehr frustriert, dass ich anschließend weitergeschlafen habe. Nach fünf Stunden intensiver Suche habe ich EINE Stelle gefunden, auf die ich mich bewerben könnte. Ich wünschte, ich hätte Schlosserin, Schweißerin, Köchin oder irgendetwas mit Technik gelernt. Kein Mensch braucht GeisteswissenschaftlerInnen! In Kiel scheint es besonders schwer zu sein, mit meiner Fächerkombi etwas Brauchbares zu finden, da ist alles total naturwissenschaftlich ausgerichtet oder hat zumindest mit Schiffen und Meer zu tun. Dafür gibt es eine gefühlte Million Kindergärten und an allen Ecken suchen sie ErzieherInnen. Wenn sich also nichts Besseres ergibt, setze ich mich erst einmal in einen Kindergarten, um die drohende Lücke im Lebenslauf zu füllen. An Waldorfschulen kann man übrigens auch arbeiten, ohne ein 2. Staatsexamen zu haben. Also alle da draußen, die noch kein Ref haben, überlegt euch gut, ob ihr das wirklich auf euch nehmen wollt! Auch wenn die öffentliche Meinung behauptet, es wäre gut, das zu haben. Ich habe bisher keine einzige Stelle gefunden, in der ein zweites Examen verlangt ist! Die verlangen höchstens eine Promotion, aber kein 2. Staatsexamen.

> *steffi sagte am 26. März um 5:56 nachmittags :*
> *Haha, ihr seid so witzig, total coole Idee mit dem Block! :-)*
> *Habe jetzt zwei Stunden lang darin geschmökert – danke für*
> *die Ablenkung, hatte eigentlich vor aufzuräumen.*
> *steffi sagte am 26. März um 6:51 nachmittags :*
> *Oh Gott, ich hab Block geschrieben – Ferien ahoi ... ☺*

Ferien, Tag 5
Veröffentlicht am 27. März von ni

Heute war es wieder richtig schön sonnig und auch auf dem Fahrrad gar nicht so kalt wie befürchtet. In der Mensa der Uni gab es vegetarisches Gyros (ja, es hat so geschmeckt wie es sich anhört) und einen Billigschokohasen. Anschließend habe ich mir eine überteuerte hässliche Bluse gekauft, war beim Friseur und habe Bewerbungsfotos machen lassen. Danach habe ich die hässliche überteuerte Bluse wieder zurückgegeben. Heute haben wir noch drei Wohnungsbesichtigungen vor uns, in 30 Minuten geht es los! Wenn alles angeschaut ist, gehen wir auf Kneipentour, um die Besichtigungen Revue passieren zu lassen und mit dem wichtigsten Kollegen durchzusprechen. Nachdem ich nun endlich die Fotos in der Tasche habe, muss ich morgen unbedingt mit dem Schreiben der Bewerbungen anfangen. Ungünstig ist nur, dass mein Zeugnis in Schwann liegt. Eventuell verschiebe ich das mit den Bewerbungen also doch um weitere zwei Wochen und widme mich zunächst den Korrekturen der Geschiarbeit.

Ferien, Tag 6
Veröffentlicht am 28. März von ni

Huch! Fast hätte ich den heutigen Eintrag verpennt! Ich war schon dabei, ins Bett zu klettern, um für die nächsten 16 Stunden nicht mehr aufzustehen, da fiel er mir zum Glück noch ein. Es war ein relativ unspektakulärer Donnerstag. Ich habe Süßigkeiten gekauft, Süßigkeiten gegessen, mit Wohnungsleuten telefoniert und zu Hause vor mich hin gewurschtelt. Heute Abend waren wir lecker essen (Alioli!) und wir haben jemanden gefunden, der uns dabei hilft, in der neuen Altbauwohnung mit den hohen Decken ein Hochbett zu bauen, er ist ein Kollege von Christian.

Ferien, Tag 7 und 8
Veröffentlicht am 30. März von ni

Im gestrigen Feriendilirium habe ich ganz vergessen, etwas zu schreiben. Gestern haben wir zwei Geburtstage und eine Hochzeit gefeiert. Heute haben wir eingekauft, eine Wohnung angeguckt und wieder eingekauft. Jetzt schuldet mir Christian ganz viel Geld und nachher sehen wir uns noch eine Wohnung an, obwohl wir eigentlich jetzt schon wissen, dass wir da nicht wohnen wollen. Eigentlich ist seit Wochen geplant, heute Abend zu dem Osterfeuer am Südstrand zu gehen, doch das wurde nun wegen des schlechten Wetters abgesagt. Was ist nur mit dem Frühling los, wo bleibt der? In Lübeck liegt noch richtig viel Schnee und hier schneit es momentan auch schon wieder. Wir grillen morgen trotzdem!

Ferien, Tag 9
Veröffentlicht am 31. März von ni

Grillen war gut! Das Wetter auch! Deshalb sind wir vorher spazieren gegangen und haben draußensitzenderweise eine heiße Schokolade mit Sonne getrunken. Bald segle ich in die Karibik und organisiere eine Fahrt nach Südamerika. Vielleicht. Morgen ist der letzte Gammeltag, danach muss gearbeitet werden. Vorhin bin ich beim Filmschauen eingeschlafen, deshalb husche ich jetzt schnellschnell ins Bett! PS: Nichts Neues an der Wohnungsfront.

Von einer Woche außerhalb von Raum und Zeit
Veröffentlicht am 1. April von gela

Oder: Von Arschnasen und Kackbratzen. Nee, eigentlich nicht. Mein Vokabular hat sich nur einschlägig erweitert. Ich war gerade mit Jamaram in Lindau, Ingolstadt, Torgau, Hamburg, Duisburg und Hannover. Mein Aufgabenbereich erstreckte sich wieder einmal über den Merchandise, der aus CDs, T-Shirts, Hoodies, Schlüsselbändern, Feuerzeugen, Buttons, Taschen, Mützen usw. besteht und den ich bei jedem Konzert aufs Neue versuche, schön anzurichten und dann an die KonzertbesucherInnen zu bringen.

Es gab massig spannende Erlebnisse und Begegnungen: In Hamburg zum Beispiel waren wir im Rocky-Musical und auf dem Dom (Kirmes), wovon ich schwer begeistert war! Tagsüber war ich bereits mit einer Freundin dort gewesen und wir haben das Kettenkarussell bezwungen, auch wenn meine Begleitung daran leider nicht so viel Freude hatte wie ich.

In Hannover waren wir privat auf einem unglaublich coolen Hof untergebracht, wo es sich wirklich nur allzu gut aushalten ließ (abgesehen davon, dass ich im unbeheizten „Ostflügel" geschlafen habe, aber das Schlafen hat ja nicht viel Zeit eingenommen). Duisburg war erwartet hässlich, in Torgau, Hamburg und Hannover lag noch massig Schnee und in Ingolstadt war der Backstage-Raum ein unbeheiztes Kellerloch, in das kaum die Hälfte von uns 15 (8 Jamaram-Musiker, 3 Simbabwe-MusikerInnen, 1 Tontechniker, 1 Lichttechniker, 1 Tourmanagerin, 1 Mercherin = ich) hineinpasste.

Es gäbe noch so viel mehr zu erzählen, aber ich weiß gar nicht, wo ich anfangen und wo aufhören soll. Außerdem scheint mein Ausdrucksvermögen irgendwo auf der Strecke geblieben zu sein, man möge es mir verzeihen. Deshalb belasse ich es hierbei und empfehle noch einen Blick auf die Acoustic Night Allstars aus Simbabwe. Drei davon waren aufgrund einer Kooperation mit Jamaram mit uns auf Tour und sind wirklich großartig! Ihre Musik hat mir jeden Abend aufs Neue eine Gänsehaut nach der anderen beschert.

Jetzt ist aber wieder Arbeiten angesagt, es sind Bewerbungen zu schreiben, Klassenarbeiten zu korrigieren und ich muss für die mündlichen Prüfungen lernen. Dass ich viel lieber noch auf Tour wäre, ist vermutlich eh klar und ich vermisse die Crew schon jetzt ganz heftig.

Ferien, Tag 10 und 11
Veröffentlicht am 2. April von ni

Witziiiiiiig! Wir sind genau mit dem gleichen Kettenkarussell gefahren wie Gela. Ich hätte ja gerne gestern schon berichtet, aber die Bahn hat dafür gesorgt, dass wir erst heute nach Hause gekommen sind. Wir waren gestern in der Hansestadt, um Hanna zu treffen, in der Sonne zu sitzen, Kettenkarussell zu fahren und am Hafen rumzuschlendern („Wasser gucken", denn das gibt es in Kiel ja nicht …). Heute sollte eigentlich ein fleißiger Tag werden, er fing aber (in dieser Hinsicht) denkbar schlecht an. Der Wecker hat zwar um 8 Uhr geklingelt, aber Aufstehen ging einfach nicht. Statt weiterzuschlafen habe ich dann 2,5 Stunden damit verbracht, mich zum Aufstehen zu zwingen und immerhin das habe ich mittlerweile geschafft. Außerdem scheint heute schon wieder die Sonne, es wird also nichts mit dem Fleiß. Nachher gehen wir eine weitere potenzielle (Traum)Wohnung anschauen.

Ferien, Tag 12
Veröffentlicht am 3. April von ni

Ich liege mit meinen Schokoladenhasen im Bett und versuche einen neuen Serienrekord aufzustellen: eine ganze Staffel an einem Tag! Fleißigsein habe ich auf die Rückfahrt verschoben. Ferien sind einfach zu schön, um durch Arbeit getrübt zu werden! So, ich muss weitergucken.

In Sinsheim ist was los!
Veröffentlicht am 4. April von gela

Ich hätte mich gerade fast umgebracht. Nicht mit Absicht. Mit dem Föhn. Mit Knall und Funken und Gestank. Holla. Der Adrenalinschub reicht für die nächsten Wochen ...

> *christian sagte am 4. April um 8:59 nachmittags :*
> *Also bestimmt nicht in dem Moment, aber: Witzig!*
> *ni sagte am 4. April um 9:03 nachmittags :*
> *Finde ich das bei YouTube?*

Ferien, letzter Tag
Veröffentlicht am 5. April von ni

Gestern habe ich vor lauter Dattelligkeit keinen Artikel erstellt. Dafür für Hanna detektivische Arbeit in der Kieler Unibibliothek geleistet, leider ohne Erfolg. Die Wohnungssuche haben wir zunächst auf Eis gelegt. Beziehungsweise die Reihenfolge vertauscht: erst Job, dann Wohnung. Jobs in Kiel sind bisher leider so gut wie nicht vorhanden und von der Traumwohnung werde ich nicht viel haben, wenn jeden Tag drei Stunden für die Fahrt nach Hamburg oder Lübeck draufgehen. Eventuell kann ich heute nicht den ganzen Tag im Schlafanzug verbringen, die Schokovorräte sind nämlich aufgebraucht, verdammt! Ich versuche, den Tag mit Kakao und Schokoeis zu überbrücken, um nicht vor die Tür zu müssen (hier schneit es nämlich seit heute Morgen wieder). Die Ferien sind vorbei und ich hülle mich in Trauer.

La Famille
Veröffentlicht am 7. April von gela

Morgen fängt die Schule wieder an. Und ich habe noch NICHTS. Nach meiner Rückkehr von der Tour am Ostersonntag bin ich direkt nach Sinsheim zu meiner Mutter weitergefahren und habe dort zumindest Bewerbungen geschrieben und die Spanisch-Arbeit korrigiert. Jetzt (am Sonntag, 16.43 Uhr) fehlen noch vier Stunden Unterricht und ein Klassensatz Diktate – für morgen. Dazu hatte ich bisher noch keine Gelegenheit, da ich soeben erst wieder in Schwann eingetrudelt bin, nachdem ich spontan von Sinsheim aus doch wieder in die Tour eingestiegen bin: Freitag Aschaffenburg, Samstag Schwäbisch Gmünd – letzte Show der Tour mit den A-coustic Night Allstars. Es war echt schön, noch zwei Tage dranzuhängen und das Arbeitsproblem hat sich somit mehr als gelohnt! Ich freue mich wirklich sehr, so besondere Menschen neu oder besser kennen gelernt zu haben!

Nichtsdestotrotz ist nun wieder Alltag angesagt. Jetzt muss rangeklotzt werden, um den morgigen Tag zu überstehen, aber interessanterweise habe ich mich vorhin auf der Autobahn tatsächlich ein bisschen auf die Schule gefreut. Einerseits habe ich echt wieder Lust auf meine Klassen, andererseits ist das Ende jetzt so nah, dass die Vorfreude auf das Danach immer größer wird, auch wenn da bisher ungekannte Zukunftsängste durchaus ihre Finger im Spiel haben. Außerdem scheint die Sonne, man sieht erste Knospen und Blumen und ich freue mich auch schon total auf das Wiedersehen mit den weltbesten Mitreffis.

PS: Sonne hin oder her – es ist immer noch scheiße kalt unter unserem Schwanner Dach … Und die tapfer unterdrückte Erkältung schlägt gerade voll durch, super Kombi. Außerdem wird das mit dem Montagvorbereiten so schnell nichts, weil unsere Nachbarin gerade ihre 2 und 5 Jahre alten Kinder bei uns abgegeben hat und ich außerdem vergessen habe, dass ich ja für heute eine Go Ahead!-Konferenz angesetzt hatte. Welcome back im ganz normalen Wahnsinn…

nik sagte am 8. April um 6:34 nachmittags :
Danke für die Blumen. Die kann ich nur zurückgeben. Ich erzähl' deinen Schülern hier besser nicht, wie lange wir uns die Nächte um die Ohren gehauen haben. War echt schön mit dir und viel erstaunlicher als vermutet. Euren Blog würde ich sonst noch immer nicht kennen.
und Da jez noch was zum CorieGieren, weil du hascht ja ehh so geiLe Färiän ghabt ☺

gela sagte am 8. April um 7:13 nachmittags :
Merci. Die lieben Kinder kennen den Blog ja zum Glück nicht. Sonst wäre eindeutig eine strenge Zensur erforderlich.

Tieffliegende Zombies
Veröffentlicht am 8. April von gela

So schnell wird aus einem Sieben-Stunden-Schultag ein Ein-Stunden-Schultag. Ich habe gestern noch eine Nachtschicht eingelegt, um zumindest theoretisch eine Idee für meinen heutigen Unterricht zu haben, habe mich heute Morgen vor dem Aufwachen aus dem Bett gequält, im eiskalten Bad geduscht, weil die Heizung mal wieder nicht funktioniert und stand dann pünktlich um 7.30 Uhr zur Aufsicht an der Bushaltestelle. Um den Kindern den Schulanfang nicht noch mehr zu erschweren, habe ich sie mit meinem strahlendsten Lächeln und dem fröhlichstmöglichen „Guten Morgen!" in Empfang genommen und dabei festgestellt, dass der erste Schultag für sie gar nicht so quälend zu sein scheint. Mir ist zwar bewusst, dass das wohl weniger an meinem großartigen Unterricht liegt, als an der Funktion der Schule als sozialer Begegnungsstätte, aber es ist doch trotzdem schön. Diese Freude habe ich allerdings nicht lange auskosten können/müssen, weil meine Mentorin und mein Fachabteilungsleiter mich angesichts meines „Zustands" wieder nach Hause geschickt haben. Mein schlechtes Gewissen ist zwar um einiges größer als die Begeisterung der stell-

vertretenden Schulleitung, aber es hat echt wenig Sinn, als Zombie durch den Unterricht zu gehen und dabei alle anzustecken. Also bin ich nun wieder zuhause und habe die Großoffensive „Anti-Erkältung" gestartet.
Wie es sich für ordentliche Krankfeiernde gehört, werde ich mich gleich ins Bett legen und heute maximal noch mein Zimmer aufräumen (dringend nötig und würde wahrscheinlich umgehend zu meinem Wohlbefinden beitragen) und mündliche Noten machen (yay).

Worin ist denn die Frau Steffens ein Vorbild?
Veröffentlicht am 9. April von gela

Jawoll, klein Gela hatte heute das erste Vorstellungsgespräch ihres Lebens und stellte sich dort solchen und ähnlichen Fragen. Da ich völlig unvorbereitet war (gestern Abend Bewerbung abgeschickt, heute Morgen Anruf bekommen, heute Nachmittag Gespräch), waren meine dahingeschnieften Antworten sicher kein Ausbund an Eloquenz und Erkenntnis, aber die Mietpreise in Stuttgart sind ja eh zu hoch und als eine von 60 BewerberInnen male ich mir meine Chancen ohnehin nicht allzu groß aus, sodass ich einfach der Dinge harre, die da kommen.

Unterrichtsvorbereitung hängt
Veröffentlicht am 11. April von gela

Die Gelegenheit für einen neuen Blogeintrag. So fleißig war ich lange nicht mehr. Thema heute: Ähhh, egal, hat kein Thema. Oder viele Themen. Oder so (welch klarer Kopf).
Ich backe gerade Kuchen für die 10er (also der Ofen backt den Kuchen), bei denen ich meine letzte Lehrprobe hatte und die sich unfassbar vorbildlich benommen haben – genau genommen waren sie sogar ziemlich großartig! Schade, dass man mit Kuchen essen

keine Doppelstunde füllen kann. Ich finde einfach partout keine passende Doku über Ostern in Andalusien. Menno. Und jetzt? Zum Glück ist morgen das Bier fertig, dass sie mit der Chemie-Kollegin gebraut haben und das nun in Flaschen abgefüllt werden muss, was in meiner Spanischstunde passiert. Aber auch das dauert keine 90 Minuten, nicht einmal mit Kuchen essen. Ich werde mir also gleich doch noch etwas aus den Fingern saugen müssen.

Was mich neben mittelalterlichen katholischen Osterbräuchen noch beschäftigt: Ist es eigentlich normal, dass die Bäume Mitte April immer noch keine Blätter haben? Nee, oder?

Fin de semana
Veröffentlicht am 12. April von gela

Ich liebe Freitage. Also nicht uneingeschränkt. Morgens eher weniger. Da klingelt der Wecker nämlich wirklich unmenschlich früh und ich habe vier Stunden Unterricht am Stück vor mir, die ich selten für gut geplant halte, sodass der vorherrschende Gedanke zu diesem Zeitpunkt noch „Ach, wäre es doch nur schon vorbei!" ist. Aber meistens ist es tatsächlich nicht so schlimm und heute fand ich die Stunden sogar ziemlich gut. Zwar sicher nicht aus fachdidaktischer Sicht, aber umso mehr aus persönlicher. Es wurde viel gelacht, die Atmosphäre war entspannt und Lern- und Aha-Effekte kamen auch nicht zu kurz. Wow! Um 11.05 Uhr beginnt dann eigentlich mein Wochenende (sprich, es wird zuhause statt in der Schule weitergearbeitet), aber ich komme einfach nie vor 13 Uhr aus der Schule, weil ich es so schön finde, mal in Ruhe mit den lieben KollegInnen zusammenzusitzen und zu ratschen. Mag ironisch klingen, ist aber mein voller Ernst! Wo auch immer ich ab August landen werde, hoffentlich sind die Leute da auch so toll!

Und trotzdem ist es dann doch ein erhabener Moment, wenn man am Freitag schließlich die Schule verlässt und ins Wochenende startet (selbst wenn das völlig unspektakulär ist). Umso mehr natürlich, wenn wie heute die Sonne scheint und man ein Stückchen blauen Himmel sieht. Als Erkältete steigt die Chance, das Wochenende zu erleben, wenn man nichts isst, solange die Nase zu ist, schon gar keinen trockenen Kuchen mit Puderzucker ... Den hatte der Praktikant zum Abschied gestiftet und mein Versuch, beim Essen durch den Mund zu atmen (kann man ja leider nicht darauf verzichten), ging gehörig schief.

Des Wahnsinns fette Beute
Veröffentlicht am 15. April von gela

Waaahhhh, FRÜHLING!!! Juhu juhu, es ist so schön draußen! Da freue ich mich sogar auf die Schule, sonst würde ich wieder den ganzen Tag am Schreibtisch verbringen und so komme ich zumindest ganz kurz mal raus. Es riecht so richtig nach Urlaub und nach Verlieben und nach Grillen und nach Wein und nach Lagerfeuer und nach Rausgehen. Ok, ich sag's ja, der Wahnsinn ...
PS: Christopher Morley hat gesagt: „Es gibt nur einen Erfolg – das Leben nach seinen eigenen Vorstellungen leben zu können." Hm.

Zielgerade
Veröffentlicht am 16. April von gela

Ich finde Konzentrieren total schwer. Ni meint, solange man sich noch auf Filme und Ähnliches konzentrieren kann, ist das Konzentrationsdings nicht kaputt. Ich hoffe es. Morgen ist Schulleiterbesuch und ich muss dringend endlich mal für die mündlichen Prüfungen lernen. Mag aber nicht mehr lernen. Wir machen ja seit Jahren nicht viel anderes. Gut, dann sollte dieses letzte Mal auch noch zu schaffen sein. Also noch ein paar Wochen an den Schreibtisch getackert bleiben und dann ... ja, keine Ahnung was dann. Fängt dann ein neues Leben an? Wir wissen ja nach wie vor weder wo noch was. Aber ganz egal – ich freue mich jedenfalls jeden Tag darauf, sehr sogar!

ICH HASSE LERNEN!
Veröffentlicht am 17. April von gela

Soweit ist es mit mir nun schon gekommen. Und ich übertreibe nicht. Und das war nicht immer so und eigentlich ist Lernen ja etwas Gutes. Aber nicht so. Und nicht drei Jahre am Stück. Oder 20, wenn man die Sache weiter fasst. Ich hätte nicht gedacht, dass mir diese letzten drei Prüfungen einmal so schwer fallen würden. Nicht mit dem Lernen anzufangen, macht es halt leider auch nicht besser. Deshalb ändere ich das JETZT. Immerhin sind es noch zwei Wochen, da geht doch was (jaja, der verzweifelte Versuch der Selbstmotivation).
Fremdmotivation hat mir jedenfalls der heutige Schulleiterbesuch beschert. Der ist ja immer furchtbar nett, aber es fielen Worte wie „super" und „beeindruckend" und die Feststellung, dass ich nun eine richtige, fertige Lehrerin sei. Hach.

Schülerwelten
Veröffentlicht am 18. April von gela

Die Magnolien blühen endlich, so schön!! Und auch sonst kommt langsam ein bisschen Farbe in die Umgebung.
Szene aus dem heutigen Deutschunterricht, nachdem die SchülerInnen erklären sollten, was sie mit „Großstadt" assoziieren: Schülervortrag ist abgeschlossen, Mitschülerin meldet sich und meint: „Da fehlen noch Immigranten." Antwort der beiden vortragenden Schüler: „Die kann man doch unter Asoziale fassen. Oder unter Dönerbuden." Äh ja, wieder einmal Zeit, den Fahrplan zu ändern und ein paar grundlegende Dinge zu klären. Passiert mir interessanterweise immer in dieser Klasse. Da hieß es ja auch schon „Es ist toll, ein Junge zu sein, weil ich besser Auto fahren kann (wohlgemerkt, ein Achtklässler), nicht ungewollt schwanger werde und nicht in der Küche stehen und putzen muss." Sie freuen sich immer schon auf das, was da kommt, wenn Frau Steffens ihren un-

gläubig-verzweifelten Blick aufsetzt. Morgen sehen wir uns mal wieder auf einer der legendären Unterstufenpartys, ich bin gespannt.

Weihnachten in Schwann
Veröffentlicht am 20. April von ni

Sorry for so long not writing. Die Sonne hat mich abgelenkt. Aber heute ist es saukalt und nur eine Frage der Zeit, bis der beständig anhaltende Regen in Schnee übergeht. Ich habe bereits zwei nasse Spaziergänge hinter mir und dabei festgestellt, dass gerade ein Weihnachtsmarkt aufgebaut wird, wie nett! Vielleicht gibt es da ja Glühwein! Eben einen leckeren Apfelstrudel mit viel Zimt und Rumaroma gebacken, der mich durch dieses triste Wochenende heben wird. Heute sind (siehe Datum) wieder in allen Nazihochburgen die Verrückten am Start und halten Veranstaltungen ab, weil ihr Idol Geburtstag hat.
Ich habe mir vorgenommen, heute endlich mit dem Lernen für die Staatsexamensprüfungen zu beginnen. Aber es zeigt sich schon im Ansatz, dass das einfacher gesagt als getan ist. Denn *was* soll ich lernen? Stehe vor einem maßlosen Chaos an gesammelten und natürlich unsortierten Blättern. Die Bücher und Aufsätze, die ich auf meiner Literaturliste angegeben habe, habe ich noch nie gesehen. Immerhin ein Buch davon soll ich aber nächste Woche erhalten.
Die ersten beiden Schulwochen waren fast wie Ferien und ich hoffe, dass es nach den Prüfungen im Mai so weitergeht. Meiner geplanten Karriere als Piratin steht nichts mehr im Weg, Augenklappe (dank Mitreferendar) und Schiff (Dank ASV Hannover) habe ich schon, nun brauche ich nur noch Leute, die mich herumfahren können. Ansonsten ist Droppie zurzeit zu Besuch und der Apfelstrudel will schleunigst gegessen werden!

sarah sagte am 20. April um 12:54 nachmittags :
Ni! Ich bin so froh. Und erleichtert!!! Mir geht's genauso. Ist alles ein einziges, schreckliches Chaos und Pädagogik ist so viel mehr zu lernen als ich dachte, deshalb verzögert es sich NOCH mehr (wollte HEUTE anfangen), ich KANN aber einfach nicht ... Kann das die Lösung sein? Egal, wir werden das schon schaffen und die, die jetzt schon alles lernen, haben in zwei Wochen dann eh alles wieder vergessen – das ist doch Gift!!!

Prüfungsvorbereitung
Veröffentlicht am 21. April von ni

Es gibt sie tatsächlich! Die Traumwohnung, nach der wir so lange gesucht haben! Nur die Wahrscheinlichkeit, dass der Vermieter sie ausgerechnet an uns vermietet, ist verschwindend gering. Also ungefähr so hoch wie die Wahrscheinlichkeit, dass ich bei den Prüfungen das kann, was ich können muss. Für heute habe ich mir vorgenommen, den Vortrag über die DUE zu basteln. Das geht aber einfach nicht, weil ich nach jeder gelesenen Seite durchdrehe und es nicht fassen kann, was für einen Unsinn ich da verzapft habe. Peinlich genug, diese Arbeit jemals abgegeben zu haben. Es muss doch wirklich nicht sein, den ganzen Schmu jetzt noch einmal mündlich wiederzukäuen. Ref ist teilweise wirklich pure Schikane. Da wird nicht getestet, wie gut jemand unterrichten kann, sondern wieviel Psychohiebe man erträgt. Habe heute gehört, dass dieses Jahr wohl auch einige Leute durch die Deutsch-Lehrprobe gefallen sind. Ich sollte also aufhören, mich über meine Note zu ärgern und mich darüber freuen, dass ich nicht komplett ausgesiebt wurde und das Ganze immerhin nicht ein zweites Mal über mich ergehen lassen muss. Da es meiner Unfähigkeit nur zuträglich wäre, mal mehr zu lernen, ist sogar schon ein weiteres Wochenende ohne soziale Kontakte im Gespräch. ICH BIN DAGEGEN! Man sieht ja, was dabei herumkommt, wenn man mich ein Wochenende lang zum „Lernen" ins Zimmer sperrt. Ich schlafe, knuddele den Hund und esse Kekse. Zwischendurch backe ich irgendein Zeugs oder fröne anderweitig der Prokrastination. Noch 26 Tage bis zu den Pfingstferien! Machbar!

Ein Hoch auf Dienstage!
Veröffentlicht am 23. April von ni

Wenn Droppie nicht wäre, wäre meine Nacht nicht schon um 6 Uhr vorbei gewesen. Wir haben uns aber schnell wieder vertragen und gemeinsam die Frühlingssonne auf dem Balkon genossen. Jetzt versuche ich gerade, mir mit Himbeeren den Gedanken an die bevorstehenden Prüfungen zu versüßen, für die ich noch immer nicht gelernt habe. Dafür vorhin wieder eine Bewerbung verschickt! Die Frau in der Schwanner Post hat mich schon mit „bis morgen" verabschiedet. Leider ist heute der Reader für die Deutschprüfung eingetroffen und es gibt eigentlich keine Ausrede mehr, das Lernen noch weiter aufzuschieben! Eigentlich! Stellen- und Wohnungsanzeigen durchsuchen kann man ja 24h am Tag! Unterricht will auch noch vorbereitet werden, staubsaugen könnte man oder Wäsche waschen! Es gibt doch immer Besseres zu tun! Die Traumwohnung haben übrigens (wie erwartet) andere bekommen. Schademarmelade, ich hatte in Gedanken schon die Möbel darin herumgeschoben.

Und dieses Kribbeln im Bauch
Veröffentlicht am 29. April von gela

Ich kann nicht mehr. Und ich kann noch nichts. Am besten nehme ich mir gleich die Papiertüte zum drunter Schämen mit (zu den morgigen mündlichen Prüfungen). Aber wenn ich hingehe, ist die Chance zu bestehen zumindest ein bisschen größer, als wenn ich mir die Decke über den Kopf ziehe und warte, bis der Tag vorbei ist. Oje oje.

PS: Behalte ich die korallefarbene Hose, die ich mir bestellt habe und spiele Sommer (oder wahlweise Bonbon) oder besinne ich mich zurück auf mein geliebtes Schwarz und schicke sie zurück? Probleme, die die Welt bewegen.

Nach der Prüfung ist vor der Prüfung
Veröffentlicht am 1. Mai von gela

Aber zum letzten Mal. Endlich! Den gestrigen Tag habe ich überlebt: Ich bin um 4 Uhr aufgestanden, um 7 Uhr im Seminar gewesen, habe um 8 Uhr die erste Prüfung gehabt, dann habe ich sechs Stunden rumgehangen bis zur zweiten Prüfung. Die Noten sind nicht umwerfend, aber in Anbetracht meiner Vorbereitung mehr als in Ordnung. Die Pädagogik-Prüfung war ein einziger Witz, von den vier geprüften Themen hatte ich genau eines gelernt (Pubertät), das heißt, ich hätte mir die Vorbereitung auch ganz sparen können. Aber wer rechnet denn bitte damit, dass er mich zu *moodle* fragt? Daran hatte ich in der ganzen Vorbereitung keinen einzigen Gedanken verschwendet. Und über den offenen Unterricht hatte er vorher explizit gesagt, dass er nicht drankäme. Natürlich wurde ich auch dazu ausführlich befragt. Entsprechend habe ich mir nur irgendwelchen Mist aus den Fingern saugen können und vor mich hin gestottert. Nur meinen einleitenden Vortrag zu meinem Schwerpunktthema fand ich ganz gut. Und dann kam die Begründung zur Notenvergabe: „Ihr Vortrag war zu allgemein gehalten, aber danach in der Prüfung wurden Sie stärker und konnten zu allen Themenbereichen fundiert antworten." HAHA! Wer soll den Verein denn bitte noch ernst nehmen? Aber egal, es ist vorbei und ich beseitige gerade alle verbleibenden Spuren (sprich, die Berge von Unterlagen, die hier überall herumfliegen). Nun ist wieder Unterrichtsvorbereitung angesagt, bevor es an die nächste Prüfung geht. Habe ich schon erwähnt, dass die Luft raus ist? – Die Luft ist raus!

Aaaaww!
Veröffentlicht am 2. Mai von gela

FünftklässlerInnen können ja so süß sein! Als ich heute zur Vertretungsstunde das Klassenzimmer betrat, wurde ich mit „Sie sind aber groß!" begrüßt und jemand anderes ergänzte schüchtern: „… und hübsch!" Hach, die kleinen SchleimerInnen. Und später bekam ich sogar noch eine selbstgebastelte Blume geschenkt. Leider kann mich das nicht darüber hinwegtrösten, dass ich hundemüde bin, aber für morgen noch drei Stunden Unterricht vorbereiten und eine Klassenarbeit aufsetzen muss. Von Lernen ganz zu schweigen, aber das wird heute eh nichts mehr.

Endspurt
Veröffentlicht am 5. Mai von gela

Dieses ist das letzte quälende Lernwochenende! Danach gibt es nur noch Wochenend-Wochenenden. Also, abgesehen vom ganz normalen Schulwahnsinn, aber ich hoffe und denke, dass der uns nun schon gar nicht mehr ganz so viel anhaben kann. Außerdem habe ich gestern Abend aus heiterem Himmel (wie immer) tatsächlich einen Flug Richtung Süden gebucht und freue mich nun noch mehr auf die Pfingstferien!

Schalalalalalalaaaaa!
Veröffentlicht am 9. Mai von gela

Wir haben unser zweites Staatsexamen! Keine Prüfungen mehr! Im Idealfall nie wieder! Und wir leben sogar noch, wer hätte das gedacht! Es hat sich zwar bestätigt, dass vor allem die Pädagogik-Prüfungen jeder Beschreibung spotten und auch sonst all die tollen Gütekriterien, die von uns bei der Leistungsmessung erwartet werden (Objektivität, Reliabilität und Validität), nicht annähernd eingehalten werden, aber ab jetzt ist das egal! Endlich gibt es wieder andere Themen, endlich kein Gejammer mehr (zumindest nicht über Prüfungen)!

Der Arsch ging uns allerdings gestern Abend dann noch einmal auf Grundeis, als wir leicht angeheitert mit dem Auto durch die Polizeikontrolle mussten: „Mist, da hinten staut es sich, Blaulicht, ein Unfall. Scheiße, kein Unfall, eine Kontrolle!" Der Polizist hielt uns an, leuchtete uns mit seiner Taschenlampe an, ließ uns das Fenster öffnen und winkte uns dann zum Glück durch. Das zuvor mühsam abgebaute Adrenalin war schlagartig wieder da. Wahrscheinlich wäre eh nichts passiert, weil wir natürlich nicht stockbesoffen ins Auto gestiegen sind, aber man muss es ja nicht ausprobieren.

> *sarah sagte am 9. Mai um 6:05 nachmittags :*
> *Meine Nerven wurden schon beim Lesen strapaziert. Die halten so langsam nicht mehr viel aus. Gut, dass ihr nicht verdächtig ausseht! Liebe Grüße aus dem Bett (19.04 Uhr). Schööön!!! Wir haben es geschafft.*

Kurze Woche vor den Ferien
Veröffentlicht am 12. Mai von gela

Hach, war das ein schönes Wochenende! Und jetzt stehen nur noch schöne Wochenenden an! Gefällt mir! Zwar habe ich natürlich auch die Arbeit bis jetzt vor mir hergeschoben, aber nicht einmal das kann die Freude trüben. Es hat sich gelohnt und dafür bin ich gleich produktiv und starte dann morgen voller Elan in die letzte Schulwoche vor den Pfingstferien, mit gerade einmal drei Schultagen. Und dann kommen die weltbesten Ferien überhaupt, nämlich die, in denen man weder Lehrproben noch Prüfungen vorbereiten muss, sondern tun und lassen kann, was man will!

Will einer eine Reise tun …
Veröffentlicht am 15. Mai von ni

Juhu, wie haben wir das gemacht? *selbstaufdieschulterklopf* Schon sind wieder Ferien! Natürlich ist das Timing auf den unterschiedlichsten Gebieten wieder prima (Vorsicht, Ironie)! Pünktlich zu Ferienbeginn machen Christians Auto und Ni schlapp. Das Auto kam heute in die Werkstatt und Ni ins Bett. Nach einer 274 Euro-Investition geht es dem Auto wieder besser – Nis Genesung wird hoffentlich billiger und ähnlich schnell. Wir (das Auto und ich) müssen beide 2553 km durchhalten, ohne Christian auf den Keks zu gehen, es bleibt spannend. Der Inhalt meines Rucksacks besteht jedenfalls in erster Linie aus CDs für die Fahrt. Deshalb hat natürlich nichts Sinnvolles mehr reingepasst, nicht einmal Socken. Vermutlich stehen wir eh mehr als dass wir fahren, da wir am Pfingstwochenende nicht allein auf der Autobahn sein werden. Vielleicht müssen wir umdrehen, bevor wir in Villefagnan (Frankreich) eintrudeln, da wir am 25. schon in Lübeck in See stechen müssen. Gemeinsam mit drei weiteren Chaoten und (immerhin) einer Expertin versuchen wir von dort ein Boot nach Danzig zu segeln. Ich kann mir zum momentanen Zeitpunkt nicht vorstellen, dass unser Piratendasein von Erfolg gekrönt sein wird. Zumal ich meine Augenklappe verdaddelt habe (zerknirschter Blick in Richtung Mitreferendar)!
Aber jetzt wird die große Party vorbereitet, Opa wird morgen 93 und ich backe einen Schoko-Erdbeerkuchen!
An der Jobfront sieht es weiterhin düster aus. Mittlerweile freue ich mich sogar über Absagen, das ist befriedigender, als gar nichts zu hören.

Ja, Ferien!
Veröffentlicht am 20. Mai von gela

Sodele, auch ich habe mittlerweile Ferien und ich genieße sie tatsächlich in vollen Zügen (im übertragenen Sinn). Ich schlafe, lese, gehe feiern, schreibe Bewerbungen, freue mich auf das Ende der Schwanner Zeit, gehe abends spontan etwas trinken, treffe liebe Menschen, liege in der Sonne (wenn sie gerade da ist), treibe mich mit meinen Lieblingschaoten auf Festivals herum und fliege am Donnerstag nach Spanien. Ich habe fast vergessen, dass das Leben auch so sein kann. Habe aber vor, mich nun öfter wieder daran zu erinnern.

Stirbelwurm!
Veröffentlicht am 22. Mai von ni

Es hat aufgehört zu regnen, dafür stürmt es und das miese Wetter wird weit weggepustet, sodass wir am Samstag mit Sonne in den Segelurlaub starten können! Zelten in Villefagnan musste leider ausfallen. Zu viel Regen. Außerdem zu teuer. Und ich zu krank. Aber der verpasste Urlaub war ein Wink des Schicksals und hat uns tatsächlich unsere Traumwohnung ermöglicht, für die wir eben eine Zusage erhalten haben! Ich habe die Wohnung, in die ich da bald einziehe, zwar noch nie gesehen, aber sie hat (laut Aussage meines zukünftigen Mitbewohners) alles, was wir wollen! Vor allem nette Vermieter. Ansonsten habe ich mir heute neue Segelstiefel gekauft!

Laterne, Laterne
Veröffentlicht am 23. Mai von gela

Ist es eigentlich normal, dass nachts die Straßenlaternen aus sind? Ist mir noch nie aufgefallen. Finde ich aber gar nicht so ganz toll.

Ich mache mich jetzt auf den Weg zum Flughafen und wenn ich dort ankomme, ohne unterwegs ein Reh, Wildschwein, Nacht-Spaziergänger oder Sonstiges zu überfahren, dann geht der entspannte Teil los! Ich bin dann mal weg.
PS: Gestern war in Schwann mal wieder etwas los: Ein Vogel hat sich durch das Dachfenster in unsere Küche verirrt und natürlich den Rückweg nicht mehr gefunden. Stattdessen ist er wie verrückt gegen das andere Fenster geflogen, an dem ich leider vorbei musste, um ihm die Balkontür zu öffnen, was den Kleinen nicht gerade beruhigt hat. Aber: Happy End!

> *straßenlaternenleuchteninmittelerdeimmer-christian sagte am 24. Mai um 9:55 vormittags :*
> *Witzig!*

Ref – und dann?
Veröffentlicht am 1. Juni von gela

So schnell kann es gehen. Der Spanienurlaub ist vorbei, übermorgen fängt die Schule wieder an. Allerspätestens jetzt ist es also an der Zeit, an den Schreibtisch zurückzukehren. Dabei war es in Spanien mal wieder soo schön.
Tatsächlich habe ich auf dem Weg zum Flughafen innerhalb von 20 Minuten ein Reh und zwei Füchse getroffen. Zum Glück wollten sie sich mein Auto nicht näher ansehen. Das Wildschwein kam dann erst in Spanien dazu. Nach dem letzten schlimmen Brand kommen die so weit aus ihren Wäldern herunter, dass sie mittlerweile auch in den Gärten herumlaufen.
Die Zeit verging natürlich wie im Flug, nur das Abschalten hat trotz allem nicht wirklich geklappt. Alle fragen, wie es nun weitergeht und man kommt auch immer wieder auf das leidige Thema zurück. Und selbst wenn ich allein an meinem geliebten Mittelmeer entlanglaufe und hinausschaue, kriege ich die Gedanken nicht aus meinem Kopf. Ich versuche zwar nach wie vor, das Ganze mög-

lichst optimistisch zu sehen, aber es gibt einfach Tage, an denen das weniger gut klappt. Zum Beispiel, wenn mal wieder die nächste Absage ins Postfach flattert und man sich bewusst macht, dass man fast acht Jahre geschuftet hat, zwei Examina mit einer Eins vorm Komma nach Hause gebracht hat und in zwei Monaten trotzdem mit nichts als Schulden und ohne Job und Wohnung dasteht. Heute hat mir das sogar die Lust auf mein Nutellabrot verdorben.

Zumindest habe ich mich schon wieder daran gewöhnt, dass das ständige Rauschen in den Ohren nicht mehr vom Meer kommt, sondern vom Regen, der ununterbrochen auf das Dach prasselt. Eines unserer Dachfenster hat bereits aufgegeben und lässt das Wasser durch. Auch die Winterausrüstung am Schreibtisch ist wieder am Start – Heizung und mindestens zwei Pullis. Herrje. Es kann nur besser werden! Hey, wir haben das Ref bestanden – woohoooo ... Äh, ja. Der nächste Eintrag wird wieder sonniger – bestimmt!

Süderkreuz und Polarstern!
Veröffentlicht am 3. Juni von ni

Ahoi! Nach einer abenteuerlichen Reise mit Segelboot sind wir erschöpft, aber wohlauf (mit zwei Crewmitgliedern weniger) an unserem Zielhafen im wunderschönen Gdansk angekommen. Dort gab es dann nach Tagen des Zwiebacks endlich eine ordentliche Mahlzeit.

Höhepunkte der Reise waren die Hafenduschen (wir haben unterwegs sehr selten Halt gemacht und haben entsprechend wenig Duschen gesehen), die Flaute vor Rügen (wir hatten ansonsten fast nur Sturm und zwei Meter hohe Wellen) sowie das Wassertankmalheur (als wir das Frischwasser versehentlich in die Koje statt in den Wassertank füllten) und natürlich die Tatsache, dass ich trotz mehrerer Nahtoderfahrungen die Lust am Segeln noch nicht komplett verloren habe. Nächstes Mal hätte ich dann aber bitte gerne eine maximal zweistündige Kaffeefahrt auf dem Plöner See. Ohne Wind (d.h. ohne Wellen, d.h. ohne kotzen), durchsegelte Nächte (d.h. Kälte und Schlaflosigkeit) und nervige Menschen (die Namen der beiden Plagegeister werden aus Gründen des Persönlichkeitsschutzes an dieser Stelle verschwiegen). Immerhin hat unsere schlaflose Abenteuerreise erreicht, dass ich mein Refdasein vollkommen verdrängt habe und keine einzige Sekunde an Schule denken musste. Wie auch. Als Piratin musste ich mich in erster Linie aufs Überleben konzentrieren. Gestern Abend schließlich übersäht mit blauen Flecken wieder im Refkaff angekommen.

Was hier in meiner Abwesenheit los war, kann man sich nach dem sonnigen Polenaufenthalt nur schwer vorstellen. Der Wald ist ein großes Chaos, quer über den Weg verlaufen mehrere Bäche und Radfahren ist fast unmöglich. Immerhin sind die Rehe so verwirrt, dass sie nicht davonlaufen, wenn ich mit dem Fahrrad angestrampelt komme. Nach dem ersten Schultag bin ich bereits wieder urlaubsreif, immerhin um ein Zeugnis reicher, aber ganz und gar nicht bereit für einen langen Seminartag. Für die StatistikerInnen unter euch: Noch 53 Tage bis zum Umzug!

Geschafft!
Veröffentlicht am 7. Juni von ni

Die erste Schulwoche ist vorbei. Noch 34 Schultage bis zum Umzug! Die weltbesten Schwanner Nachbarn sind schon mittendrin. All ihre Spielzeuge sind schon eingepackt und die Schränke leer, deshalb sitzen da jetzt die Kinder drin. Das kleinere von beiden wollte eben lernen, wie man liest. Ich sei ja Deutschlehrerin, ich müsse schließlich wissen, wie man das schnell lernt. Habe, dank meiner täglichen Übung, die Ahnungslosigkeit mühelos überspielt und das Nachbarskind auf die Grundschulzeit vertröstet.

Wollte heute eigentlich fleißig viel Krempel verschicken (Bewerbung an zukünftige ArbeitgeberInnen, Pseudobewerbung ans Arbeitsamt, versehentlich eingesteckte Hafenkarte an Nachfolgesegelcrew, Liebesbriefe etc.), aber die Refkaffpost hat wegen Krankheit geschlossen. Jetzt wird die Bewerbung mit Janoschbriefmarken der Nachbarin verschickt. Persönlicher Touch und so, ich spüre es, Janosch ist mein Schlüssel zum Erfolg! Zur Vorsicht habe ich den Brief vorher mit der Küchenwaage gewogen. Wäre ungünstig, wenn die in Kiel Strafporto zahlen müssten, wenn sie meine Bewerbung lesen wollen, wobei sich das ohne Frage lohnen würde. Im Umzugschaos der Nachbarin eben sogar Loriotbriefmarken gefunden. Allerdings noch alte 55 Cent-Marken, die Kapitalistenausbeuterpost hat ja mittlerweile auf dreiste 58 Cent erhöht. Apropos Ausbeutung: Heute beim Kuchenverkauf in der Schule über 120 Euro für die Klassenkasse eingenommen. Aber die Kinder wollten meine Begeisterung nicht teilen, waren nur am Nölen und meinten, beim letzten Mal hätten sie 200 Euro eingenommen.

Das VHS-Programm in der Landeshauptstadt Kiel kann nach bisherigen Recherchen mit dem der Nordschwarzwaldkäffer nicht mithalten. Noch nicht einmal Gitarrenkurse gibt es dort! Ob das der WG-Band so gut tut?

Zum Abschluss eine Anekdote aus dem heutigen Geschichtsunterricht: Als ich vorhin den SiebtklässlerInnen versucht habe zu erklären, dass die einheimische Karibikbevölkerung Kolumbus nicht kannte und ihn auch nicht erwartet haben kann, habe ich das durch den Nachschub „die hatten damals weder Twitter noch Facebook" ergänzt. Ein Siebtklässler daraufhin mit verständnisvollem Blick: „Das waren noch die Zeiten des Schüler-VZ".

Misttechnik!
Veröffentlicht am 10. Juni von ni

Wir können nicht mehr ohne sie leben, deshalb soll sie gefälligst funktionieren! Unser Internet geht mal wieder nicht. Dabei lief es so vorbildlich in den letzten Wochen und von jetzt auf gleich gibt es den Geist auf. Das heißt (wie man sieht) funktioniert es ein klitzekleines bisschen. Aber man muss Stunden warten, bis sich

eine Seite geöffnet hat und der Versuch E-Mails zu checken, raubt einem den letzten Nerv.
Auch außerhalb des Schwanner Internets herrscht trübe Stimmung. Zwischen 15 und 16 Uhr wurde es heute dunkel und ohne elektrisches Licht geht gar nichts. Super Sommerwetter also. Vorhin beim Gassigehen pitschenass geworden.
Da ich weder Lust auf das Schreiben von Bewerbungen noch Lust auf die Unterrichtsvorbereitung habe, mache ich mich gerade daran, ebay-Fotos von unseren Möbeln zu knipsen. Auch wenn ich sie mangels Internet momentan nicht hochladen kann.
Morgen früh geht es um 6 Uhr (morgens!) nach Rastatt. Ausflug mit dem Geschichtsdidaktikkurs. Und weil es so lange gedauert hat, bis dieser Blogeintrag online war, ist jetzt schon der Tag rum.

Hier kommt …
Veröffentlicht am 11. Juni von gela

… der nächste Eintrag und tatsächlich ist er sonniger. Von innen und von außen. Es gibt zwar noch keine großen tollen Neuigkeiten, aber ich habe wieder etwas Optimismus zusammengekratzt und heute in einer Woche weiß ich dann auch schon, ob es mit einer Schulstelle klappt oder nicht (ich würde soo gerne in Neuenbürg bleiben!). Zumindest das Bibbern hat dann ein Ende.

Lange nichts mehr gehört …
Veröffentlicht am 19. Juni von gela

… also wird es mal wieder Zeit zu schreiben. Der Sommer hat nun auch Schwann erreicht und wir möchten ihn am liebsten gar nicht mehr loslassen. Wir haben einen See entdeckt, an dem es sich gut aushalten lässt, abgesehen davon, dass man dort nichts Vernünftiges zu essen bekommt. Weder Pommes noch Salat sind genießbar und alles andere ist nicht vegetarisch. Aber dafür gibt es Tischtennisplatten, die wir ausgiebig und höchst professionell nutzen – höhö! Aber Spaß macht es trotzdem! Natürlich ist man selbst hier (über 30 Minuten Fahrzeit von Neuenbürg und auf großer Wiese mit viel Platz zum Verteilen) nicht vor SchülerInnen sicher, aber das war ja auch kaum zu erwarten.

Die Jobsituation hat sich verschärft, in Neuenbürg bleiben hat nicht geklappt, denn obwohl die Schulleitung schwer um mich gekämpft hat, hat nun Sarah die Stelle bekommen. Richtig, nicht die allereinfachste Situation. Auch woanders gibt es derzeit leider keine Stelle für mich, wie mir das kompetente, transparente Regierungspräsidium gerade bestätigte. Selbst Schuld, wenn man nur einen 1,6er-Schnitt hat. Schneller Themawechsel, denn ich habe so gar keine Lust mehr darauf.

Die nächsten Wochen sind noch einmal voll gespickt: Am Wochenende steht wieder die große Schwanner Sonnwendfeier an, es gibt noch massig Konferenzen, letzte Klassenarbeiten müssen geschrieben und Noten gemacht werden, Ausflug mit den 10ern, Blutspende, OP-Termin, Ausflug nach Würzburg zu Jamaram und leider auch noch Seminarbesuche. Zumindest wird es so auf den letzten Metern nicht noch langweilig. In diesem Sinne begeben wir uns jetzt zum Abistreich. Oh oh.

Abistreich
Veröffentlicht am 19. Juni von ni

Aufstehen war heute Morgen relativ umsonst. Nachdem ich brav über ein paar Barrikaden geklettert war und von den Abimenschen mit Wasserpistolen erfrischt wurde, habe ich nur noch auf das Ende der 4. Stunde gewartet und bin dann wieder gegangen. Unterricht war nicht möglich, auch wenn der für 10 Uhr wieder angedacht war. Also haben wir herumgesessen und dem Grölen der besoffenen AbiturientInnen gelauscht. Ein bisschen lustig ist allerdings, dass die 12er einen Rechtschreibfehler auf ihr Abishirt gedruckt haben und es offensichtlich bis heute auch niemandem aufgefallen ist. Tjaa, Abi zu haben, bedeutet halt nicht, auch schreiben zu können. Das lernt man dann im Studium. Aber genug der Mythen! Ich werde mich jetzt mit Eisschokolade auf den Balkon fläzen, bevor ich mir neuen Unterricht und neue Bewerbungen ausdenke. Mittwochs kann man schon so langsam das Wochenende einläuten, finde ich.

Abgekämpft
Veröffentlicht am 25. Juni von ni

So umschreiben KollegInnen mein Erscheinungsbild und so fühle ich mich auch. Und das nach nur einem Tag! Kinder sind so nervig! Also alle, bis auf die der 8e und 7a natürlich. Als ich eben heimkam, war ich immerhin demotiviert genug, um auch die Schulstellen abzusagen, die ich mir bisher noch offen gehalten hatte. Beim gestrigen Bewerbungsgespräch hat man mir nicht einmal zugetraut, alleine aufs Klo zu gehen. Ni: „Welche Toilette darf ich denn benutzen?" Schulleiter: „Toilette, ui, oje, da muss jemand mitkommen!" Ni: „Äh, ich habe das schonmal gemacht?!" Interessant war auch, dass sie mich eingeladen haben, ohne mein Anschreiben oder auch nur eines meiner Zeugnisse gelesen zu haben. Vielleicht auch gerade deshalb. Immerhin konnte ich dieses unsinnige Gespräch mit einem schönen Kielaufenthalt verbinden, der es mir ermöglicht hat, zum ersten Mal an der Kieler Woche teilzuhaben! Endlich konnte auch ich die Leute angucken, die mit BMX-Rädern ins Hafenbecken springen. Leider waren wir am Sonntagabend so müde vom vielen Essen, dass wir es nicht einmal mehr zu einer Runde Bootscooter geschafft haben. Nächstes Jahr ändere ich die Reihenfolge und werde außerdem mit Ölklamotten gerüstet sein!

Gurkensalat
Veröffentlicht am 26. Juni von ni

Übermorgen wollen wir ein kleines Grillfest auf unserem Balkon gemeinsam mit den Mitreffis veranstalten. Zu diesem Zweck habe ich vorsichtshalber noch einmal das Gurkensalatrezept gegoogelt (ich kann ja immer kaum glauben, wie wenig man für einen so leckeren Gurkensalat benötigt) und da gab es so tolle Bilder und jetzt habe ich ganz arg Lust auf Gurkensalat und freue mich schon auf Freitag. Als Entschädigung für den aktuellen Gurkenmangel gibt es jetzt Pommes, in der Hoffnung, dass die gegen Migräne helfen. Die kommt natürlich absolut ungünstig, ich müsste so viel vorbereiten und noch mehr korrigieren, aber ich kann nicht. Von Steuererklärung und Krankenkassenkrempel ganz zu schweigen, beides wird noch Jahre vor sich hinmodern. Denken und gucken funktionieren momentan nicht gut.

Gepuffte Lebensmittel
Veröffentlicht am 2. Juli von ni

Damit beschäftige ich mich, anstatt etwas Sinnvolles zu tun. Es ist aber auch faszinierend! Wusstet ihr zum Beispiel, dass es eine Puffreiskanone gibt?
Eben habe ich im Supermarkt eine Siebtklässlerin mit ihrer Mutter getroffen. Die Kleinen sind immer besonders erstaunt, wenn sie dahinterkommen, dass Lehrerinnen auch essen müssen und sogar Klopapier verwenden.
Hier ist es endlich Sommer! Ob er diesmal länger bleibt als drei Tage? Und warum ist Greenpeace Energy so viel teurer als die anderen Ökostromanbieter?
Ansonsten gibt es nicht viel Neues. Ich streiche mein neues Zimmer orange, das Schule-als-Staat-Projekt „Neubürgistan" bekommt eine eigene Hymne, mit dem Korrigieren bin ich immer noch nicht weiter und in der Schule gibt es weiterhin ständig Kuchen. Gela

schwingt Reden über Lineale, im Supermarkt war heute keine Pizza im Angebot, aber ich habe meine Steuererklärung fertig! Leider will niemand meine alten Möbel haben, nicht einmal unser Schulleiter. Noch 24 Tage bis zum Umzug, noch 14 Tage Schule und noch 6 Tage Unterricht! Nur noch 6 Tage?!? Waaaaaaaaaaaaaaaaaaaaah!!! Huch, jetzt ist vor lauter Aufregung mein Puffreis leer.

Hui
Veröffentlicht am 2. Juli von gela

Lange nicht mehr gemeldet und in der Zwischenzeit ist viel passiert, bei Gela gibt es also durchaus etwas Neues.
Nachdem ich letzten Mittwoch nach Monaten der erfolglosen Bewerbungen meinen absoluten Tiefpunkt erreicht hatte („Du siehst aus wie ein Häufchen Elend."), schickte ich nachmittags auf gut Glück meine Bewerbung an die German European School Singapore, ohne echte Hoffnung auf Erfolg. Eine halbe Stunde später erhielt ich ein Einstellungsangebot von einer Berufsschule in Pforzheim. Yay. Und wieder eine halbe Stunde später erhielt ich eine Einladung zum Vorstellungsgespräch bei einem Verlag. Letzterem habe ich abgesagt, während ich mit der Pforzheimer Schulleitung einen Gesprächstermin für den nächsten Tag vereinbarte. In der Nacht auf Donnerstag folgte dann die Einladung zum Skype-Interview mit dem stellvertretenden Schulleiter aus Singapur. Ich fuhr also am Donnerstag zuerst nach Pforzheim, wo ich bereits eingeplant wurde und hatte am Freitag das Interview mit Singapur. Darauf folgte eines mit dem Schulleiter am Samstag und – lange Rede, kurzer Sinn – am Sonntag hatte ich meine Zusage aus Singapur und am Montag, also gestern, den Vertrag.
Es überschlägt sich also alles und ich mich mit. Da mein erster Arbeitstag der 5.8. sein wird, habe ich eben einen Flug für den 28.7. gebucht und habe keine Ahnung, wie ich in ca. drei Wochen meinen gesamten Umzug ans andere Ende der Welt planen soll, zumal ich schon mit Fachkonferenzen, GLK, Seminar und vor

allem massenhaft Korrekturen mehr als ausgelastet wäre. Nun weigert sich das Seminar auch noch, mir vorzeitig mein Zeugnis auszuhändigen, das ich aber dringend für die Arbeitsgenehmigung in Singapur brauche. Puh. Es ist also wirklich einiges los und wie Ni schon erwähnte, verbringe ich meine kostbare Zeit damit, Reden über Lineale zu schwingen und wie ein Storch durchs Seminar zu staksen. Ersteres wurde mir aber als verborgenes Talent bescheinigt – wow. Ok, ich gestehe, es war schon ein bisschen lustig.

Das letzte Mal!
Veröffentlicht am 7. Juli von ni

Heute habe ich wieder einen qualvollen Tag mit der Deutschen Bahn und ihrem Organisationswahnsinn verbracht! Es war schon ganz schlimm, als heute Morgen um 7.30 Uhr der Wecker klingelte, denn einen sonnigen Sommertag komplett in Zügen zu verbringen, ist nun nicht unbedingt ein wirkungsvoller Aufsteh-Anreiz. (Gela sagt manchmal, sie genieße das Leben in vollen Zügen. Ich genieße es lieber woanders.) Immerhin glaubte ich, dafür relativ früh im Refkaff zu sein und in Ruhe den Unterricht für morgen vorbereiten zu können. Da habe ich mich natürlich getäuscht! Sämtliche Züge (für mich immerhin zwei) sind ausgefallen und ich wurde von Schaffnern kreuz und quer durchs Land geschickt. Nach nur achtmal umsteigen kam ich dann doch noch zu Hause an. Leider wird das mit dem Vorbereiten nun nicht mehr ganz so entspannt wie gedacht, aber bestimmt machbar! Außerdem hat dieser misslungene Tag zwei positive Aspekte:
1. Das war meine letzte Fahrt von Kiel nach Schwann!
2. Gleich kommen Leute, die eventuell meinen Couchtisch kaufen möchten!

Mittendrin statt nur dabei
Veröffentlicht am 12. Juli von gela

Mit dem Happiness Festival startet heute DAS Schwanner Großereignis. Und wir sind selbst vom Schreibtisch aus live dabei. Morgen ist aber sogar ein Besuch vor Ort geplant. Dann eröffnet nämlich eine Band, die aus unseren Schülern besteht, und sogar die Ohrbooten und Gentleman sind dabei – wow!
Schlaf wird ja auch überschätzt. Die letzten Tage und Nächte habe ich fast ausschließlich mit Korrigieren und Noten Ausrechnen verbracht, ätzend. Der Besuch im Europapark am Dienstag hat zwar die Situation nicht gerade verbessert, dafür aber riesigen Spaß gemacht! Ganz toller Tag!
Gestern war ich dann – nachdem ich es zum Glück trotz Verschlafens pünktlich zum Treffpunkt geschafft hatte – mit meinen 10ern in Karlsruhe im Kino und Tapas essen. Der leicht spirituell angehauchte Dokumentarfilm über die Mayakultur im OmU hat zwar nicht jedermanns Geschmack getroffen – manche sind eingeschlafen, andere haben sich anderweitig beschäftigt – aber manche fanden ihn sogar tatsächlich ziemlich interessant. Von den Tapas war die Mehrheit trotz des nicht ganz optimalen Bediensystems begeistert, nur eine kleine Gruppe von Jungs meinte, sie „konnten auf der Karte nichts finden, das sie anspricht". Schade für sie. Danach ging es nach Würzburg zum Jamaram Konzert. Der Rückweg mitten in der Nacht war dank totaler Übermüdung der blanke Horror und heute nach drei Stunden Schlaf zur 1. Stunde aufzustehen hat die Woche dann gekrönt.
Zum Umzug Organisieren komme ich natürlich nicht, das Einzige, was ich in letzter Zeit in Angriff genommen habe – die Kündigung meines Handy-Vertrags – ist ärgerlicherweise in die Hose gegangen, weil Auswandern kein Grund für eine vorzeitige Kündigung sei. Ich bin erstaunlicherweise seit acht Jahren bei denen Kundin und dann bestehen sie auf die Erfüllung der aktuellen Mindestlaufzeit. Zum …

Gleich fahre ich wieder in die Schule, um dort mit den 8ern lustiges Abendprogramm zu machen und schließlich in der Schule zu übernachten. Bloß keine Langeweile, bloß keine Unterforderung.
PS: Ah, ich höre gerade, soeben hat Rochstah die Bühne betreten.

Und weiter geht's
Veröffentlicht am 14. Juli von gela

Schon wieder ist ein Wochenende fast vorbei. Die Übernachtung mit den 8ern war unerwartet witzig. Frau Steffens hat sich beim Fußballspielen (in Ballerinas), beim Schokokuss-Wettessen ohne Hände, beim Montagsmalern und diversen anderen Spielchen vorzüglich zum Affen gemacht und dabei jede Menge Spaß gehabt. Außerdem haben die 8er ihren gesamten Charme zusammengenommen, nachdem sie ja am Montag schon ganz entsetzt waren, als sie erfuhren, dass ich nächstes Jahr nicht mehr da bin und sich dafür einsetzen wollten, dass ich dableiben kann, indem sie mit dem Schuleiter oder dem Regierungspräsidium reden. Als sie erfuhren, dass ich bereits anderweitig versorgt bin, beschlossen sie, mir wöchentliche Klassen-Emails zu schicken. Das war ja schon wirklich Zucker, und am Freitag kamen dann die nächsten und haben erzählt, dass ich die beste Deutschlehrerin gewesen sei, die sie je hatten und eine Schülerin erzählte, dass ihre Mutter von allen vergangenen Deutschlehrerinnen zahlreiche Horrorgeschichten kenne, nur von mir kenne sie vermutlich nicht einmal den Namen. Die etwas andere, aber ebenfalls sehr wohltuende Art eines Kompliments ☺
Der Besuch auf dem Happiness Festival war dann ein Erlebnis für sich. Die Bandzusammenstellung war wirklich interessant (Elektropunk, Alternative Rock und Reggae) und hat die geneigten Ohren teilweise ordentlich strapaziert. Das Publikum war ebenfalls sehenswert. Das unausgesprochene Motto, vor allem bei den Damen, schien zu heißen: Weniger ist mehr. Hotpants, die nicht mehr bedecken als eine Unterhose und Tops mit Armausschnitten bis

zur Hüfte, die keine Fragen bzgl. des BHs ungeklärt lassen – so sah das Standardoutfit von der Siebtklässlerin bis zur Abiturientin aus. Daneben sprangen noch Pandas, Hühner, Pferde und Krokodile durch die Gegend, sowie ein Mädchen im pinken Ganzkörperglanzanzug, der zwar alles verdeckte, aber trotzdem alles sehen ließ. Dass wir auf zahlreiche SchülerInnen treffen würden, war uns natürlich klar und es war ja auch nicht das erste Mal und von daher wenig beängstigend, aber diesmal haben sich einige wirklich hochgradig bescheuert benommen. Manche haben entspannt gegrüßt und sind sogar zu uns gekommen, aber manche schienen einen Sport daraus zu machen, möglichst dicht an uns vorbeizulaufen, aber so zu tun, als ob sie uns nicht sähen und dann bei ihren Freunden mit dem Finger auf uns zu zeigen. Also bitte! Aber gut, die Pubertät macht die verrücktesten Sachen.

Nun geht es immer mehr in den Endspurt, der gleichzeitig das Warmlaufen ist. Am Samstag muss mein gesamtes Zeug fertig gepackt sein, nur schade, dass ich auch von Montag bis Freitag wieder ausnahmslos jeden Tag von morgens bis abends unterwegs bin. Zauberei bitte!

PS: Die Krankenversicherung ist ähnlich bescheuert wie mein Mobilfunkanbieter. Ich habe ein Schreiben bekommen: „Sie haben die Kranken- und Pflegeversicherung gekündigt, da Sie künftig in Singapur arbeiten werden. Leider haben Sie uns nicht mitgeteilt, ob Sie Ihren Wohnsitz dorthin verlegen." Ohne Worte.

ni sagte am 15. Juli um 8:42 nachmittags :
Was sind Ar-Maus-Schnitten?
gela sagte am 18. Juli um 6:41 vormittags :
Ausschnitte unterm Arm natürlich.

Feuertogethercoming
Veröffentlicht am 19. Juli von ni

Hier die Kurzversion für all diejenigen, die nicht dabei waren: Ziel war es, den gesammelten Ref-Unsinn der vergangenen eineinhalb Jahre zu verbrennen. Andere brachten diverse Überreste ihres Studiums mit und alles sollte zu Staub werden.
Wir gingen zunächst sehr zögerlich ans Werk und steuerten den Papierkrams, den ich mit Zug und Bus Richtung Bahaí-Tempel in Langenhain transportiert hatte, in Form von Fliegern Richtung Flammen. Das Ziel wurde mehr oder weniger gut erreicht, von den meisten weniger. Das dauerte uns dann irgendwann zu lange, schließlich musste eine komplette Wanderrucksackladung Altpapier vernichtet werden. Auf der nächsten Stufe wurde einfach der komplette Karton mit Papierkrams ins Feuer gerückt. Und verschwand. Dafür brannte das Feuer umso besser und vor Freude, den Ballast los zu sein, wurden Purzelbäume geschlagen. Das war der Anfang des Ref-Endes und nur noch drei Schultage stehen uns bevor. Der Auftakt der letzten Schulwoche könnte für mich nicht besser sein: Die ersten beiden Stunden fallen aus! Jetzt ist erst einmal Droppie zu Besuch und will Gassi gehen.
PS: Während ich gemütlich zwischen Umzugskisten und kahlen Wänden sitze und mangels Werkzeug meine Schränke hypnotisiere (sie mögen sich doch bitte selbst auseinanderbauen), tanzt Gela als grünes Blatt bei Jamaram über die Bühne von Murrhardt.

Es ist vollbracht
Veröffentlicht am 23. Juli von nigela

Nur noch einmal Schule! Zwar mal wieder viel zu früh und vermutlich viel zu lang, aber dieses eine Mal werden wir selbstverständlich auch noch irgendwie überstehen.
Da dies ein Refblog ist (war!) und das Ref jetzt rum ist (jucheididei!), schließen wir unser Psychotagebuch hiermit. Es hat uns sehr

geholfen, unser Trauma überschaubar zu halten und wir hatten dadurch stets den Eindruck, nicht komplett zu versumpfen. Während Gela sich ab August mit einem vollen Deputat in Singapur die Kugel gibt, feiert Ni ab morgen (hoffentlich) ihre soziale Renaissance …

Was danach geschah ...

... mit Ni:
Ende Juli 2013 – zum Leid der UmzugshelferInnen das heißeste Wochenende des Jahres – bezog Ni mit Christian die gemeinsame Wohnung in Kiel und startete mangels Jobalternativen nur wenige Tage später in das neue Schuljahr eines Kieler Gymnasiums. Zwei Monate später heiratete sie ihre langjährige Fernbeziehung und obwohl das Schulleben ohne Refterror wesentlich angenehmer war, ließ sie es nach nur sechs Monaten bereits hinter sich. (Einen erheblichen Beitrag zum Jobwechsel an die Uni leisteten übrigens die erwähnten Janosch-Briefmarken [vgl. Eintrag vom 7. Juni], die tatsächlich eine Art Schlüssel zum Erfolg zu sein scheinen.)
Seit 2014 ist Ni wissenschaftliche Mitarbeiterin am Germanistischen Seminar der Uni Kiel und promoviert dort am Lehrstuhl für Sprachwissenschaft und Sprachdidaktik, was ihr wesentlich mehr zusagt als der tägliche Klassenkampf in der Schule. „Nebenbei" ist sie Mutter eines einjährigen Kindes.

... mit Gela:
Es deutete sich an und kam nicht anders als vermutet: Gela setzte sich Ende Juli in ein Flugzeug nach Singapur und begann dort nur eine Woche später ihren Dienst an der German European School Singapore. Dort unterrichtete sie drei Jahre, leitete die Fachbereiche Deutsch und Spanisch und lernte, tatsächlich eine richtige, fertige Lehrerin zu sein. Trotz regelmäßiger 12-Stunden-Schultage, anhaltendem Chaos und durchaus vorkommenden Ärgernissen hat sie tatsächlich einen Heidenspaß an ihrem Job behalten. Ihre rar gesäte Freizeit verbrachte sie mit Reisen in das umliegende Südostasien oder nach Norddeutschland, um mit Ni dieses Buch zu schreiben.
Der Mann, den sie (wie könnte es anders sein, natürlich dank Ni) kurz vor dem 1. Examen kennen gelernt hatte und der in diesem Buch immer nur indirekt und namenlos auftaucht (ja, es ist immer

der gleiche), begleitete sie auch in dieser Zeit immer mal wieder auf ihrem Weg, gehört seit Kurzem jedoch endgültig der Vergangenheit an.

Beruflich schließt sich nun der Kreis: Seit dem laufenden Schuljahr ist Gela wieder in Deutschland, wohnt in ihrer Traumaltbauwohnung in Karlsruhe und unterrichtet in ... genau! Neuenbürg. Dort betreut sie aktuell auch selbst eine Referendarin.

Fazit

Ref ist anstrengend. Ref ist zermürbend. Während des Refs ist man ständig krank. Ref minimiert soziale Kontakte und wenn man nicht aufpasst, zerstört es Freundschaften und führt geradewegs in die Verzweiflung. – Seien wir ehrlich: Ref ist ein Arschloch! ABER: Man kann es trotzdem einigermaßen unbeschadet überstehen, wenn man darauf achtet, Prioritäten richtig zu verteilen (Ref ≠ Leben) und sich bewusst freie Zeit zu schaufeln, in der man:
- Freundschaften und (Fern-)Beziehungen pflegt,
- Urlaube plant und durchführt,
- macht, was einem wichtig ist und guttut (zum Beispiel endlose Serienmarathons),
- isst, ohne an die Bikinifigur zu denken
- und ausreichend schläft.

All das *muss* drin sein! Übrigens: Flexibilität und ein Hauch Verrücktheit machen die Sache leichter! ☺

Und schließlich erweist sich auch das, was man für unmöglich hielt, als durchaus realistisch: Es gibt ein wunderschönes Leben nach dem Ref und egal, als wie bescheiden einem die Einstellungschancen von allen Seiten verkauft werden, so tut sich früher oder später doch für jede/n das richtige Türchen auf, ganz egal, ob es nun ein schulisches oder doch ein ganz anderes ist. Geduld, Zuversicht und Unvernunft zahlen sich aus!

Im Idealfall hat einen das Ref sogar wirklich gebildet, nicht nur in Fachdidaktik, Pädagogik und Co., sondern – her mit dem Pathos – im Durchhalten und Überleben!

Personen- und Ortsverzeichnis

Personen

Nis Mama: Lebt in Langenhain, ist ständig im Urlaub und Droppie deshalb häufig bei uns.

Gelas Mama: Lebt in Sinsheim und ist nicht so oft im Urlaub, sodass unsere herzallerliebste Tierheim-Pflege-Rottweilerhündin Taiga leider nicht bei uns vorbeikommt.

Christian: Freund von Ni, lebt in Kiel

Hanna: Studienfreundin aus Heidelberg (Name geändert)

Andre: Studienfreund aus Heidelberg

Caro: Studienfreundin aus Heidelberg

Carolin: Mitreferendarin in Neuenbürg

Sarah: Ebenfalls Referendarin am Seminar Karlsruhe, außerdem im APR (Ausbildungspersonalrat) aktiv.

Melanie: Schulfreundin von Gela

Steffi: Lehrerin an unserer Schule, hat das Ref gerade erfolgreich hinter sich gebracht

Marek: Sohn von Peter (= Mann von Nis Mutter), somit Nis Stiefbruder. Lebt in der Schweiz.

Nik: Percussionist von Jamaram und Designer unseres Buchcovers

Lilli: Studienfreundin, ehemalige Mitbewohnerin und nun Referendarskollegin am Seminar

Go Ahead!: Hauptsächlich studentische Nichtregierungsorganisation, die sich für Bildungsprojekte im südlichen Afrika einsetzt und für die Gela jahrelang in Hochschulgruppe, Vorstand und Bereichsleitung (Schulworkshops) aktiv war.

Jamaram: Achtköpfige Band aus München, mit der Gela manchmal auf Tour geht, um sich um den Merchandise-Stand zu kümmern.

Orte

Langenhain: Wohnort von Nis Mutter im Taunus, und angeblicher Mittelpunkt Europas (berühmt für seinen Bahaí-Tempel), ca. 3.400 Einwohner, kein Bahnhof, dafür aber in der Nähe von Frankfurt. Allerdings nach 20 Uhr und am Wochenende keine Verbindung zur Außenwelt durch den ÖPNV.

Sinsheim: Wohnort von Gelas Mutter, Einwohner ca 34.000, bekannt vor allem durch das Auto- und Technik-Museum und den TSG Hoffenheim.

Kiel: Wohnort von Nis Freund, Landeshauptstadt Schleswig-Holsteins, zu weit vom Refkaff entfernt.

Neuenbürg: Schulort, hat einen Bahnhof. Allerdings befindet sich dieser, wie der Rest des Ortes, nicht in der Nähe der Schule, sondern weit unten im Tal.

Karlsruhe: Seminarort, Zivilisation.

Schwann: Wohnort im Nichts des Nordschwarzwaldes. Im Text häufiger als „Refkaff" bezeichnet. Einzige Attraktion: Supermarkt & Dönerbude. Vorteil: Nähe zum Schulort.

Pforzheim: Dreh- und Angelpunkt des ÖPNV. Dort muss man immer durch, wenn man von Schwann aus ohne Auto irgendwohin möchte.

ZEP: Studentischer Freiraum der PH Heidelberg.